游离◎著

FEI
GEREN
SHI

文匯
出版社

图书在版编目(CIP)数据

非个人史 / 游离著. -- 上海:文汇出版社,2018.6

ISBN 978-7-5496-2623-6

Ⅰ.①非… Ⅱ.①游… Ⅲ.①诗集-中国-当代
Ⅳ.①I227

中国版本图书馆 CIP 数据核字(2018)第 123377 号

非个人史

著　　者 / 游　离
责任编辑 / 熊　勇
出版策划 / 力扬文化

出版发行 / 文匯出版社
　　　　　 上海市威海路 755 号
　　　　　 (邮政编码 200041)
印刷装订 / 成都勤德印务有限公司
版　　次 / 2018 年 6 月第 1 版
印　　次 / 2018 年 6 月第 1 次印刷
开　　本 / 880×1230　1/32
字　　数 / 225 千
印　　张 / 8

ISBN 978-7-5496-2623-6
定　　价 / 39.80 元

目录

第一辑 酝酿

第二辑　消极的硬度

**目
录**

第三辑　隐喻的生活

第四辑　非个人史

**目
录**

第五辑　生锈的母语

第六辑　夏日之诗

目录

第七辑　蛆蛆之歌

**目
录**

第八辑　在黑暗中

附录

第一辑

酝酿

要宁静，要时常低下头来
要抚摸过去的伤疤，要把伤疤
像泥巴一样甩掉，露出鲜嫩的皮肤

蝙蝠

光明让它盲目
它蜷缩在阴湿的屋檐下
用双手紧紧地抓住什么
阳光灿烂的一天像噩梦一般过去
黑夜是它的白天
它在黑夜的腹部闪光，被我看见
就在那一瞬间，它犹豫一下
往另一个方向疾驰而去
我想，它为何要离开我
它为什么不把我
当作一只巨大的蚊子呢

对一个柜子的叙述

在未打开之前，柜子是一个
秘密，一个还未苏醒的少女

猜测是粉红色的，而且必须
有一只鸽子不小心跌落水面

挣扎，灰尘成为事件的中心
它从天窗的玻璃，进入旧屋

和花朵，像蜜蜂站在花芯上
刷腿，荡秋千，或与老情人

喃喃耳语，从柜子的深处
传来虫子啃啮木头的声音

少女睡在窄窄的绿豆荚里
梦见花岗岩在黑暗中炸开

河流、光、呼吸、初醒的血
柜子里蹿出一只慌张的蟑螂

玻璃房子

世界逐渐成了玻璃的
让我看见自己慢慢被吞噬

我可不愿就这样死去
化为一滩水

人们让我在里面静静呆着
其实我听不到声音，我只看见

他们各自的表情和抖动的嘴唇
这景象就像一场哑剧

我一直病着……

我一直病着，皮肤刷满漆粉
一小撮一小撮地往下掉
你不要注视着我，你才能看到
我的变化，洁白、淡黄，然后
油亮或者斑驳的黑

不多不少，六堵墙成为压迫的根源
这是必然的现实
它随着我情绪的波动而伸缩自如
切割、重组还有影子在晃动
都是立方体的存在

茶水浸入生的下午和卧室
我又轻又弯的身子
搁在睡袍里，睡袍搁在藤椅上
越来越酽的阳光渗进来
我懒散的手在胸口揭开呼吸的窗子

一定有什么击疼了我

一定有什么击疼了我，却不显露出来
一定有什么直接落进心里
小住一段时间，或者行程匆匆
随着血液就到处去流浪
一定有什么最终到达我的脑袋
一定有什么就此不走，成为我一生的伴侣

我所看见的……

我所看见的，只是在白天
从宿舍到公司的路上
每天都站着那些树，好像也没有变化
它们的成长是在一段时间以后
才被我发现的。因此，我经常这样想
在我不能看见的夜晚，那些树
是否也在为生活而奔波
或者围坐在一起，促膝而谈呢

我住在一间白色房子里

首先，我必须忍受四面柔软的墙
它的苍白正在逐渐改变我的皮肤
已经可以感受到了，墙的趋势是渗入我
慢慢凝固，最终取代我

其次，我要尽力避免的是夜晚的来临
我伸手都抓不住光线
光线由书桌、窗户、阳台退至深渊
独居的房子有点凉了

然后，茶水从光线相反的方向漫进来
直到淹没了我、墙壁及整个房间
在油灯昏黄的映照下
现在这是一间古铜色的房子

其实，那张不牢固的床才是暧昧的对象
自始至终煎熬着我，发出吱吱的叫声
当我躺着，我隐隐的疼痛，我就知道
我的体内形成一间像样的房子，白色的……

愤怒是一块砖头

我时常觉得，愤怒是一块砖头
它来源于土
经过火的慢慢焙烤
最后捏在我手上，热已经内在
我摸到的只能是外表
粗糙、坚硬、有棱有角的面孔

和所有的人一样，我出现在这个世界上
并没有得到我的允许
哭喊只是对光明最初的抗议
或慌乱，我握紧的拳头里
揣着不被破译的情绪……

我知道，不久以后，我将会回去
这不长的时间里
我要做的是把一块一块的砖头捏碎
当我安心地闭上眼睛
放开无力的手
耳边一定有"唰唰唰……"的泥沙落下

循环出现的问题

我住在七楼，一个人住
空荡荡的……
每个夜晚都无事可干
我沿着墙边一圈一圈地绕
把床从角落搬到房子的中间
这样正好对着窗子
满足外界对我的窥视
有时我也会靠着窗子
看看外面，发一会儿愣
经常就会想起从前，从前像一杯茶
越来越淡，保持白开水的状态
直到她变冷，还是干脆倒掉
这是一个循环出现的问题
满屋子都是她的味道
必须找一个出口，什么时候
我已经推开窗户了
在犹豫着要不要跳下去时
听到了急促的敲门声

蝴蝶

我经常在累的时候，望望窗外
6 月 6 日的傍晚，我看到了
一只蝴蝶，停在树枝上
这并没有引起我太多的好奇
日子在琐碎中又过了一天
当我像往常一样，把目光投向窗外
我注意到蝴蝶还是停在那儿
从我这边到树枝的距离，我无法分清
这只蝴蝶是否就是昨天的那一只
我决定如果明天还看到蝴蝶停在那儿
我完全有理由相信
那是一片被风轻轻吹动的枯叶

柱子的自述

这么多年了，动都不敢动地站在那儿
我总觉得有什么东西压着我
事实也是如此
支撑已经成为习惯，我生活的全部
如今你们一句话：好了，这里没你的事了
你可以回到树林里了
说得多么容易，这么多年了
这里就是我的家，我要回到哪里去呢
我早就不能发芽了

我确信我生活在蚂蚁窝上

我确信我生活在蚂蚁窝上
没错，是蚂蚁窝
可以感受到它在风中不断摇晃
你看，那么多又黑又大的头颅
彼此参差着，攒动着
像黑夜中，我掩饰不住的心乱
一刻都不肯安静，它们多么忙碌呀
我知道，母蚁留在家里，靠着墙生育
工蚁外出奔波，梦想着大骨头或昆虫的尸体
这些真正的男子汉，一刻都不肯安静
有时，在异地他乡，遇到同样的漂泊者
它们碰了碰触须
交换着远方幸福或苦难的消息
没错，在院子里的那棵大树下
那些又黑又大的头颅攒动着，参差着
让我确信我是生活在蚂蚁窝上
而此刻，我正扛着一袋大米
往家的方向搬运

在前埔

我多么需要有一个容器
接纳我，让生活缓慢下来
一个人是不够的，在石头与石头
的拥挤中，到处都是空茫
当我走近海边，我才深信水的浑浊
一些藻类缠绕着我的脚，一些贝壳
一张一合地喘着气，这些柔软的居民
我担心会割破我的皮肤
我抬起头，海的那边依然空茫
一只鹭鸶贴着水面滑翔，鸣叫
它意味着什么，它的出现
并不能改变什么
我总得收回我的目光
注视内心，舔平自己的伤口
在黑暗中，在不能沟通的黑暗中
我是多么需要有一个容器
潮湿的，让我觉得温暖

我的家乡

一条蜿蜒的小溪
把这块土地分成两半
两个村庄
古老而神秘
家乡的时光特别缓慢
那些村妇
拎着一大桶衣服
在溪的两边一字排开
两种方言：闽南语和客家语
在薄薄的水中来回穿梭
自然地闪过
一些光滑的小石子
日常的生活琐事
在这儿变得重要
被反复地捶洗，捶洗
日子就在这样的捣衣声中过去……
若是在冬季
两个村庄会靠得更近
水更少了
小溪露出了它的脊骨
一些错落有致的石头……

一个人

累了的时候向谁说，一个人的家
不是家，最多只是一只旅行袋
随时都要背在肩上，往哪里走
都是方向，都是希望与迷茫……
一个人的夜晚只能面对着墙壁
说话或者不说，整个房间笼着
潮湿的味道，沉下来，再沉
下来，是否可以拧出一串水珠
一个人的路是没有路
一个人的日子是重复的日子
一个人的心是空的，又是满满的
总觉得自己像一辆货车
哐当哐当地行驶在街上，找不到
一个地方，可以把身上的重量卸下来

女人街

高楼，高楼，高楼
这城市晃荡着无数的腿
夹住了我，我现在必须侧着身子
在阴影里摸索，像一个漫无目标的人
水很快就淹没了我，拐弯处
玻璃的反光互相撕咬着
偶尔落在我的眼前
晃了一下，我停了下来，然后继续前行
女人的体香，女人的尖叫——
引导我一步一步地深入街巷
这感觉越来越不真实，粉红色的音乐
从体内飘出来，很遥远
一切都落不到实处，粉红色的空间
越来越狭小，很多的虫子蠕动着
我现在必须侧着身子，收拢起
我的翅膀，我想——
如果我张开，一定会折断自己
或者划伤其他的什么

酝酿

要让泥土变成石头，要让
石头的内心潮湿，互相感动
互相碰撞，像星星一样发出光芒

要给自己一个空白，要有时间
孤独，要把周末用来思考，要在
黑夜中听到纸张的叫声，还要让

陌生的人相识，然后相爱，然后
把我忘记，要让孩子一眼就认出
母亲，母亲要疼爱更多的孩子

要宁静，要时常低下头来
要抚摸过去的伤疤，要把伤疤
像泥巴一样甩掉，露出鲜嫩的皮肤

另一种状态

在光天化日之下
另一种状态突然来临
这多少会让人觉得
不知所措
我就是这样开始做梦的
鼻子还在它的位置
我使劲拧了一下胳膊
也还能感觉到疼
可是我看见了
那么多人的影子在飘
好像脚都不着地
他们围着我一直旋转
一直旋转
我睁大了眼睛
我都快醒来了
可是就是看不清他们的脸

白纸

握住一根笔
不知所措，随着思绪
我来到一个阁楼
无可避免地陷入本身
及四周的黑暗
摸索挖掘突围游走
忐忑不安
我现在想到了高度
这个词，煎熬的药味
立即充满虚构的房间
焦虑扑通扑通地
爬着木梯
我一伸手，灯亮了起来
打开方格子的玻璃
清风吹着纸张
在灯光的摇晃中
一根青藤垂落下来
顺着它爬上去，还是
呆在原地
这个问题搅得我
大面积地失眠

重构

命题的开端在于
对自我的肢解
房间是不重要的
空气也是不重要的
去繁就简，反之亦然
从自己的胸口挖
一个洞，把呼吸埋进去
把窥视藏在里面
血腥的味道扑鼻而来
必须忍住
必须把将要爆发的喷嚏
吞回去，一个夜晚
整整一个夜晚
我蹲在疼痛的深处
看灯光与尊严重组
衣服腐蚀
骨头弯曲
黎明尖叫着划过胸膛
看我自己怎样将
一个人
重新分离成两个人

日子并不重要……

日子并不重要，对于
一个独居的人来说
窗帘拉开又拉紧
他在房间里走来又走去
有时候，光线漏在其中的
一面墙上，缠缠绕绕
这让他想起了一面湖泊
并没有什么伤心
或者浪漫的事，透明的日子
并没有别人
成长是一件自然的事
像那些麻雀，还在耳边
叽叽喳喳地叫
什么时候，它们都不见了
对于一个人来说
问题变得简单，无所谓
就好像下午也可以是黑夜
自己也可以是别人

第二辑

消极的硬度

●

我只能不断地经过我的内心
省城像窗口的一片树叶
在我的三尺之外,阴影变得可疑
世界也逐渐由绿色变得萎黄

穴居

我从窗户伸出头来
探了探，又缩了回去
黑暗中好像有什么没看清楚
我又探了探，确实没有什么
一些声音打着漩涡
把我抛进谷底
冷，像她的恶作剧
用潮湿的手伸入我的脖子
但很快我就会觉得温暖
很多时候，我需要
一层虐待的壳
让我居住在里面，安全地
蜕化成一只柔弱的虫子
昏睡蠕动爬行……直到
长出翅膀
她的皮肤变成了墙壁
我摸索着使劲地关上了窗子
一声巨响，身后的家
闪着绿莹莹的光

你走着……

你走着，突然畏惧起路
路是不能确定的，你继续
往前走着，成为
一个词，你打开，看了看
人行道偏移，留下无人的
轨迹，仔细检索字典
剔除视线和肉
一个字肢解为三根骨头
停顿，预感碰到障碍
折回来，抵达
另一个十字路口
机车奏鸣，载着皇后
从硬币的反面驶过
树叶晃了晃，不掉下来
你走着，没有喊出声音
更残忍的，是下面
钟漫漫响起

我的手

我的手，我的
手，我
的手
手手手，我的
剥开过
青蛙的皮
的手，如今的每天
每天，我用来
穿衣服的手

日子是一个陷阱……

日子是一个陷阱，我陷得
越来越深了，发现这样的问题
我感觉到痛苦和绝望，一个人裹着
这么多的衣服，往看不见的地方掉
下面有什么，下面只是一个概念
在结果还没有出现之前，日子张开它
钢筋水泥的嘴，一下子把我噙住
就像一对久别重逢的情人
剧烈的咀嚼之后，节奏渐趋平缓
甚至停止不动，并排的日子
漂着两具雪白的身体，这不是我
看到了现实之后，一股浓烟升起
我就被蒸发了，现在没有我
现在所谓的我是一个象征
携着包袱和泥土，我开始下坠
仍然落不到实处，日子是一个陷阱
可以触摸的四面墙壁都贴着瓷砖
来自地面的光越来越弱
浓缩成一个点，一个想象的光斑

你在挖……

你在挖
你的手不要颤抖
只是钢针碰到我的骨头
你眨了一下眼睛
你在挖，你细心地
闪过这些障碍
就可以了
钢针还剩那么一小截
你在挖
你要耐心一点
你一定
要耐心一点

二月八日

1. 亲爱的人呀……

你每天照样在床边放两双拖鞋
你渐渐地老了
你突然发现
生活并没有发生太大的变化

2. 当你耗尽这些骨髓……

你弯着身子
继续这美好的生活
你平静地说：不

3. 你害怕极了……

你很清楚自己的由来
你的出生、成长以及将来
你害怕极了
连愤怒和悲伤都规定了方向

开往杭州的火车

（一）

呼呼地响
这一个晚上
我醒来了好多次
火车喘着粗气
不断地从我的身上
压过去

（二）

我要让灯一直亮着
实在不行
我就吃掉这黑暗
直到我分解
完全溶入其中
骨头也要发光

（三）

我没有动
火车把我从厦门搬到杭州
一个陌生的地方
多么快呀，就像有一天
时间悄悄地
把我从这个世界上搬掉

该怎么开始

该怎么开始，还是像原来一样
剥开自己吗？在一个陌生的地方，
我终于有机会装得没有苦难。

这是可能的吗？我不动，
它们总是在我的身边环绕，
现在我自愿离开了，它们又

纷至沓来，通过一种气味
反复暗示我，这是树木，这是人，
这是一条条可以相互沟通的街道。

我似乎忘了，我正一步步地走进
自己的迷宫。除了我之外，
没有人会看到我里面的阴影。

在大麦屿

1. 傍晚

下班以后
太阳也快下山了
工厂的建筑物站着
有些歪斜
机器是不能休息的
必须保持 24 小时的运转
我从食堂出来
厂内的水泥地上
有人在打排球
正当我经过
他们的身边时
一个女孩把球发偏了
她对我笑了一下
显得有点不好意思
我没有停下来
匆匆地往办公室走去
我还要加一会儿班呢

2.　大麦屿

我以为找到了
一个安全的岛屿
在这儿
没有人认识我
也就不会有伤害
我可以把过去
一笔划掉
可是没过几天
他们就跟我混熟了
他们到处打听
猜测我的底细
这是我不能忍受的
真是无孔不入呀
我想我这一辈子
总也躲不开人

3.　以后的生活

我的亲人
把我装在一个盒子里
他们看到
我一片一片的身体
再也不会蠕动

终于可以安心了
按照惯例
他们抹了抹眼泪
哐的一声
盖上了盖子
从此
我就暗无天日了
他们的生活
还得继续
我的亲人呀
不顺心时就会想起我
还摆在
阴暗的柜子上
他们烧香
他们在我的面前
放一束鲜花
我恨呀
恨他们就是不懂
打开盒子
让我喘一口气

4. 大麦屿的山上

大麦屿的山上
建有一座座的房子
他们真幸福

拥有自己的一小块土地
可以安息
海风吹
从山脚吹到山上
他们仍然可以呼吸
闻到海鲜的味道
若是闷了
他们就会探出头来
看一看
他们的子孙
多么茂盛地成长呀

5. 我的邻居

我的邻居
你要让灯一直亮着
夜晚多可怕
你要打开窗子
或者整夜站在阳台
看到我
伸出来的手
没有呼唤
也没有彩带的飘扬

6. 在大麦屿这个地方

在大麦屿这个地方
寂寞是确实的
除了我徘徊的身影
就是一座座的工厂
它们一刻都没停着
突突地冒烟
每个空闲的夜晚
我也是这样
没有什么地方可以去
我在租来的房间里
一遍遍地将身体打开
露出黑暗的部分
只有烟头
一闪一闪地亮着
我反反复复地琢磨
这里不是我的
这里不是我的
最主要的原因是
这里的姑娘
跟我没有多大关系

我来到这个世界上

1. 当我安静下来

当我安静下来
是否可以更平和地面对死亡
我是多么的心虚呀
从来没有经历过的事情
我只能猜测，沉默
或者从别人的死亡里走过
我紧紧拥抱着它
一次次地
感觉到怀里的温暖
紧接而来的一阵阵冰凉
就像半个小时前
那个刚刚离去的女人

2. 他们是可以饶恕的

无非是母子互相遗弃
无非是兄弟自相残杀
无非是夫妻各自瞒着偷人

无非是邻里反目
无非是抢劫放火
无非是先奸后杀或者相反

无非是挪用公款
无非是吃喝嫖赌
无非是有意无意多吞了几个人

他们是可以饶恕的

3. 我来到这个世界上

我来到这个世界上
已经走了二十多年了
我还将走下去，只要我还能走
还能用目光追逐
那些发生在我眼前的事情
这是自然而然的规律，我来到
这个世界上，从一开始
我就哭喊
并没有什么可以愤怒或者伤心的
以后也是如此
以后也还会哭喊
只是我不再发出声音
不再让眼泪流下来

4．声音

之前，我被一种水包裹着
粘粘的我感到温暖
而安静
直到从一场梦中醒来
一个女人在我的面前挣扎
我突然感到恐惧和冰凉
我叫出了声音

5．我并不是什么都没有

我并不是什么都没有
从来都不是
我的身上有无数个口袋
我一直都在寻找我所需要的
我有很多的需要
捡到了我就往我的口袋里装
捡到了我就往口袋里装
我的一生都在寻找
我的一生都在做着捡拾的工作

6．赤裸的是我的灵魂

我自己是无所谓的

天冷了我就多穿几件衣服
每天都要经过那座桥
和那片森林
我就竖起我的衣领
回到温暖的小屋
但不知为什么
我经常会无来由地打着冷颤
好像看到谁站在桥头
有时候是用一只脚立在树梢上

7. 投过来的为什么不是石头呢

他们都向我投来异样的眼光
好像我做错了什么事
我没有说话，他们也不说话
只是用眼睛一直看着我
一直地看着我，让我渐渐地觉得
我真的做错了什么事情
我开始对自己怀疑，我简直
深信不疑了，我一定是做错了什么
我一定做错了什么
我真恨呀，恨他们
投过来的为什么不是石头呢

我渐渐地爱上了一种孤独

我渐渐地
爱上了一种孤独
这迷人的气息
来源于我的商人父亲
他有着一张冷酷的脸
风从一座山头
吹到另一座山头
多年来
他苦心经营着木材生意
一边慢慢地把我拉扯大
我也像父亲一样
有着一张冷酷的脸
这也许不是他想看到的
从六岁开始
我跟随着父亲
颠簸在运载木材的卡车上
窗外的事物
飞快地往后退去
我最初的记忆里
生活着四个男人，他们是

汽车司机、检尺员、父亲和我
在山脚下
在尘土飞扬的路上
他们是多么的孤独
渐渐地
我也爱上了这种孤独
从一座城市到另一座城市
我像一只季候鸟
不停地栖息
不停地迁徙
以便自己拥有更多的孤独

联系

1. 联系

依靠一些剥开的青蛙的皮
依靠记忆
依靠头上的两朵白花
在风中呜咽
依靠黄土的原谅
依靠草根
再次把我们的身体相连

2. 我们曾是

我们曾是互相遗弃的一对
我们仍在互相遗弃
终于成为孤单

3. 这里

这里没有爱
没有一切

这里，伦理的量词
繁殖的气息
这里，是习惯
狠狠地，两次剥开番石榴
发现
这里——死者
圆睁着眼睛

4. 我在慢慢地下沉

胸膛
脖子
下巴
我在慢慢地下沉
再一刻钟
我就要消失
淤泥裹着我
暖暖的
像回到母亲的子宫

5. 我还是渴望

我还是渴望
回到没有我之前
没有我之前
没有怨恨

没有遗弃
也没有渴望

6.　下一个

下一个还是我，在说
下一个，这些阴影
还是缠绕着我
纸张、纱布、屠刀
下一个我在选择：重新
没有结果，下一个
烟蒂被扔到水沟里：扑哧
下一个我，非我
在说：爱、伤害和病毒

跨进门槛的瞬间

是的，我找到了我的爱人
流浪的旅程已经结束
我却突然害怕起来
这是不是另一种流浪的开始呢
而尘埃落下来，落下来
折射着迷茫的光线
我看到这些尘埃整齐地排列着
好像乡村送葬的队伍
从天窗到地面
它们完成了载歌载舞的一生
而这时，我感到酸楚与幸福
我的母亲，我的更多的亲人
在木椅上一闪而过
我知道我的旅程已经结束
我从阳光下再次归来
当我跨进门槛的瞬间
有着家的荒凉与疲倦

逃离

我是在逃离，我仍然背负着水
背负着一个句子的重量
而这一次，我要选择放弃
我要把一个词生生地孤立出来
想象着这是怎样的一块骨头
从我的身体中挖出来
我还得忍住分离的疼痛
那些先天的骨肉的互相伤害
我还得搬动着箱子，靠近窗台
我还得喘息着一缕光线，挣扎着
看到不远处，我南方的家
我没见过面的母亲
渐渐地蒙上厚厚的灰尘

晃动

我在阳台晃动
把身体里的液体摇匀
无所事事的时光
激情带来了疲倦
我晃动着体内的液体
让自己沉静了下来
然后的整个下午
茶水渲染着阳光的发丝
一缕一缕拉长的思绪
我用文字箍住它
像一个箍桶匠熟练地
摆弄着手中的铁线
脸上终于露出满意的笑容
一整个下午
我用右手托住下巴
揣摩着一束光斑
在对面的墙壁上晃动
对面的墙壁
有时候有一扇窗子打开

有时候
一点缝隙也没有
好像那是一面完整的墙壁

病变

我用手抱住头颅
使劲地摇晃
这些沉甸甸的痛苦
这些针
在我的皮肤底下穿梭
那么缜密地缝制着
一件嫁衣
我的疼
我的疼呀，没有出口
我觉得我的体内
整个地化为脓水
汹涌澎湃
挖，是的，再坚持
一会儿
这个世界将被腥臭渲染
我将枯干
只剩下一颗头颅
重重地摔在水泥板上
就这么
弹跳几下

消极的硬度

（一）

2003 年的上半年
我像一根鸡肋
剔除了残剩的一点肉屑和汁液
被吐出来

从杭州到长沙
不断鼓胀的希望和渺茫
一根骨头在行走
一根骨头有它消极的硬度

我悲观地看待身边的事物
先是取直，而后倾斜
而后渐渐地模糊，直至消失
有时，也会异常地清晰

（二）

对于一个圆，我考虑它的完整性
形状倒在其次

像那些中途相识的女人
她们年轻的过去，散发着反叛的光

我并没有收到命定的通知
伤害在不可知的日子里已经铸成
并以一种呼吸和清晰的图像
反反复复地折磨着窗帘

风吹草动的卧室
我考虑它的宁静及忏悔的啜泣
传统的来源需要一滴血
我这些该死的情结需要的是什么

（三）

关心石头背后的东西
关心破碎的女人
她的过去，怎样被我说出
怎样剥开这些意象

看到诗歌的骨髓
我喝它，喝它
像一个寡妇看到了精液
焦虑的神情终于落到实处

接下来的一切
如探囊取物

我掏出了高贵、安静和悲悯
我掏出了一付药

（四）

我深爱的女子被绳子捆住
与此相适应
我放弃了手和思想
沉湎于她的身世

我在她的梦中重新拿起武器
我在她的梦中与另一个女子嬉戏
起身，过去像魂灵一样飘忽
她迷失的身躯把我紧紧地吸住

现实是两个圆滚滚的球
我和她对视着
目光驱赶房间里浑浊的空气
罪孽终于得到赦免

（五）

世俗的缓慢的生活
让我喜欢
这也是我放弃广州的原因
我想接下去

我还会不断地放弃什么
祖国和爱情始终令我迷惑
在抽去液体的思想中
我选择虚弱和不得不的分裂

从地下三米以上直至内心
有光线在进行大面积的掠夺
我把反抗渐渐转为消极
一群的啤酒瓶肩并肩地摇晃

（六）

我只能不断地经过我的内心
省城像窗口的一片树叶
在我的三尺之外，阴影变得可疑
世界也逐渐由绿色变得萎黄

每个黄昏，落日经过我的匡定
淡淡的余晖擦拭着玻璃
一天的思考开始析出盐分
我尝试着，把目光探出窗外

没有什么足够引起我的驻留
无形的火焰摇晃着树枝
迎面而来的包容一切的黑暗
我企图用我的爱抚治理这个国家

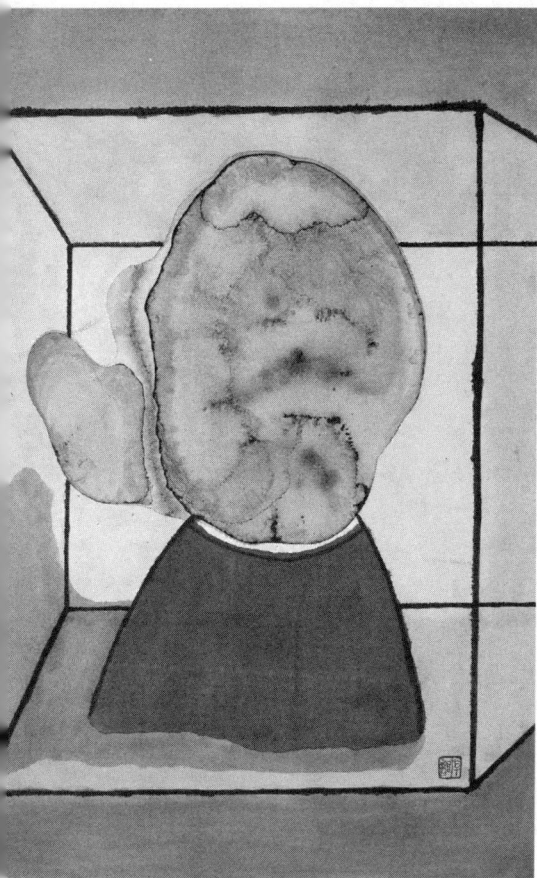

第三辑

隐喻的生活

每一遍抚摸，都加剧我的疼痛
每一阵疼痛，都给我带来平静
每一次平静，都使我接近叶子的脉搏

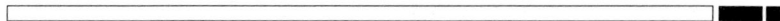

深夜

我在想那是
一个孤独的人
和我一样没有睡意
他应该
赤裸着身子
或只穿一条短裤
坐在地板上
风扇在头顶
搬运热量
每个深夜
我都在期待
他不停地
让玻璃珠子
从手中落下
发出弹跳的声音

死亡练习

再一次
我把自己交到它手里

在黑暗中走路，过桥，敲门
呀的一声
见到了一张似曾相识的脸
我走进去，像回到了家

再一次，我在阳光下
反复地做着这样的练习

如果我就此消失

如果我就此消失
只当我去了另外一座城市
就像我今年的流浪生活
就像后应村
对于那些我驻足过的地方
只有我自己和有限的几个朋友
或许还记得，或许终会遗忘

如果我回到原来的地方
上班、下班，走过一片片工业区
或者干点别的什么
跟原来一样消耗着日子
这一点也不值得奇怪

如果我就此消失
这一点也不值得奇怪
就像我那么多的亲人和朋友
也正在一个个地消失

行走的困顿
——兼致楼河

在行走的困顿中
我感受到了一样的无力与虚弱

还在继续
两个城市之间隔着阵阵梅雨

我还在数硬币
以及背后薄薄的一层阴绿

没有什么可以
传达忧郁

我们隐匿于黑暗
像个鬼影，吹着白炽灯的光

我说人是一块齿轮

我说人是一块齿轮，你信不信
我说人就是一块齿轮
咬着另一块齿轮，你信不信

我说人就是一块齿轮
只有咬着另一块齿轮才能运转
你信不信

我说人就是一块齿轮
如果不咬住另外一块齿轮
它就不是一块齿轮，你信不信

成长史

我仍然没有多余的力量
去搬运内心的阴影
它像一棵畸形的树
有着弯曲的躯干和不屈的成长史

我曾经几次离开熟悉的地方
去寻找一种安全
但另一个地方也很快就熟悉了
我只能选择再一次的离开

群居的生活总是伤害着我
独处和回忆也同样伤害着我
我该以怎样的信念
伸出弯曲的手端起前面的这杯水

在塑料厂的日子

大学刚毕业那一年，我在一个塑料厂
当会计，每个月的最后一天
我要穿过不停旋转的机器和目光
来到地下的仓库，盘点堆积在一起的水管
有黑色的、灰色的、白色的、蓝色的
它们有不同的用途和价格，需要分清楚
填在相应的表格，就像我和身边青绿色的工人
也被另外的人填在相应的表格上
我们同时作为互相咬在一起的齿轮而存在
尊严和不敢说出来的欲望与愤怒
像废弃的包装物，在这个郊区的工厂
白天的劳累过后，从对面的田野
吹来了清凉的风，那么多疲倦的人
竟然无法入睡，我们脱下了制服，三三两两
抱着啤酒瓶在食堂前面的石桌上摇晃
例行的盘点工作趁着夜色弥漫开来
每个人像插上电源的机器开始运转
我们快速地数落着装配车间的女人
丰满的、苗条的、白嫩的、黝黑的、
风骚的、假装正经的……
就像在白天，我数落着一根根的水管

我好像躺在旷野上

一只蛐蛐，或者
别的什么虫子
每个夜晚 12 点，准时地
发出叫声，天那么黑
我躺在床上
睁着眼睛和闭着眼睛
是一样的，墙壁隐匿于无形
我好像躺在旷野上
风轻轻地吹
耳边有虫子在叫
声音不断地变换着方位
我怀疑，在我的周围
有很多的虫子
它们有组织地
轮流着为我歌唱
或者娓娓地诉说着哀怨

故事
——致飞廉

那一夜，我一个人躺在
朋友的宿舍里，脑中不断地
浮现出模糊的影像，那是
他在回家前告诉我的一个故事
有一次，他也是一个人
躺在宿舍里，临睡前
打开所有的窗户，第二天醒来
窗户都关住了，而且
从房子里面紧紧地插住

阳台上的孩子

早晨的阳光滤过防盗网
落在了孩子的脸上
孩子们的眼睛像一颗颗露珠
闪烁着光芒，他们在阳台上
玩泥巴，捉迷藏，嬉闹着
以为来到了广阔的田野上

我并不讴歌这些

1.

在等死的队列中，腿在发麻
多么浩瀚呀
这渺茫的，前不见头后不见尾
步履缓慢移动着

我时不时地跺脚，以打发酸痛的时光
所有的人都那么不耐烦
赶往一个洞口，队伍向前挪了一步
我庆幸又有一个人回到了家园

我又向前挪了一步
忍耐呀，所有的苦难都要忍耐
深夜已经无法加深
人在变假，我在排队

2.

日子被层层禁闭，失去了平衡
我半蹲着，跟墙壁过不去
一次又一次地，把影子贴上去

从生锈的窗子透进来的光
是徒劳的
我在思考怎样长出一条尾巴

可以用来逃生，把手脚退化成爪子
趴在瓷砖上，爬上或者爬下
六平方的空间，作为人

是一种假象，外表越来越像宠物
安居乐业，期盼一根绳子
蚊子的嗡嗡声，让我重新产生欲望

3.
唉，一个人的死，又一个人的死
我已经习以为常
再也没有一双手来拨弄我
内心停滞的时钟

谎言、事故、疾病、爱情与自戕
在我的身上一一算计
我已经没有力气，更多的事物
在消失，更多的真相使我不再争辩

4.
我居住的房间过于压抑

两个不到半平方的窗口
让我知道白天和黑夜的交替

在卧室里，我和自己谈论着自由和命运
某种成长的情绪被反复刍嚼
突然的回望，依然有隐隐的疼痛

只有喝水，思考才得以短暂的停顿
啊，不知不觉地
苔藓已经贴满我的皮肤，我得刮去它

名字、籍贯、出生年月是另一种苔藓
我最终将一无所有，赤身裸体地
被按在烧红的铁柱上，直到成为残骸，直到没有

5.
茶杯、烟蒂、思想，这些
说不清的什物，以及
我并不需要的失眠
围绕在身旁，构成了我灰色的生活

我并不讴歌这些，看不见的魔方在旋转
看不见的，一个孤独者的形象
在缓慢变黑，每时每刻
我的体内，房间和女人在互相撕咬

一丝一丝的，痛苦随着螺纹上升
每时每刻，我都眼睁睁地看着
纯洁在流失，天使巧妙地穿过针眼
祈祷的钟声已经无能为力

有一段日子

有一段日子，我回家时
经常要绕个弯
我突然对太熟悉的路
有点害怕，我都记不起来
巷口的旅馆，怎么变成茶楼
隔壁的杂货店
好像总有一个少女在微笑
但她的面容模糊
每天，我挎着包走过
也还有灰尘落在我的脸上
有一段日子，我尝试着
从不同的方向
进入内心，那些我无力抉择的
遗弃、肝病、互相仇恨
像一条河，横在深处
并没有舒缓
并没有泅渡
在鸥鸟的一声声哀鸣中
我裹紧衣服，一次又一次地
从血液里伸出手臂来

迷宫

往前走十里路，我碰到博尔赫斯
一个盲人，我扶他过了斑马线
他说："也许阳台，是一个少女的希望"

顺着他手指的方向
我看到光芒，小镇的集市上
几个贵妇人在抢购着黄金和珠宝

更远的地方，风微微地
拂过柳梢，绸质的窗帘轻轻晃动
更远的地方，更隐秘的期望

让我的路途发生转弯，从小镇的边陲
穿过，前面是一个村庄
我放下疲倦，靠着路边的苹果树休息

一位慈祥的老人在采摘果实
他扔了一个下来给我，一边对我说
"我感到那梯子，随着弯倒的树枝，在摇晃。"

这沉重的履历

这沉重的履历，还缺
一块石头
来路已经铺满落叶

我走过族谱的森林
这小溪、这山谷
这无数的岔道

在一次次的掠夺之后
我隐秘的部位
还残留着一颗胎痣

还有什么
这沉重的履历
被一阵风轻轻地吹动

隐喻的生活

每一个句子都带有血痕
每一个句子，词和词咬着
像互相折磨的齿轮，发出呻吟

每一次说出都是宿命
每一次，我都没办法说出
阴郁来自更深的内部

或者隐喻，或者我最初的啼哭
预示着什么
花草和树木，一岁一枯荣

每一遍抚摸，都加剧我的疼痛
每一阵疼痛，都给我带来平静
每一次平静，都使我接近叶子的脉搏

低头

低下头来，再低下头来
你会闻到腐朽的气息
已经从你的下体开始往上冒

我时常这么告诫自己：低下头来
生命像一只驴子，在那儿转圈
磨盘下渗出的是模糊的浆水

四十年就是把张开的手指又弯回来
给自己一个暗示：揣紧
杂草掩埋的出口泛着蓝幽幽的光

低头，我看到去处多么的安静
尘埃飞舞的厅堂，宽敞，阳光明亮
一口棺材已经渐渐地染上了紫色

甬道

铺着花砖的甬道，连接着
我的门槛，一直伸到我的床前
一级一级的台阶从地上搭至床沿

这虚无的路在迎接我的归去
另一个我从床上坐起，走下台阶
冷飕飕的风往后吹着我的头发

我的亲人都已经沉睡，他们
也许会梦到有一束光照耀着我
或是被我激烈的咳嗽声惊醒

侧一下身又睡着了，我小心地跨过
这些东倒西歪的身躯，啊
衣服、房间、牵挂，一切都是轻的

背光

你们喧闹去吧
你们大声地喊吧
我在背光的一面，长着苔藓

这是我自己的选择
这是唯一的
一块储藏怨气的花园

这是唯一的，埋在地下的人
跟我默默地交谈
他们纷纷地伸出手指

你们喧闹去吧
你们大声地喊吧
藤蔓和小花簇拥着我

埋

他们用土块作为标志，这下面
躺着我，我知道或许这里
也躺过别人，现在根本无从识别

他们掘开，也不会发现朽坏的木板
或者骨头，最多也就是一些
石砾和树根，阻碍了挖掘的进度

很快，一座崭新的房子形成了
慢慢地变旧，变平，慢慢地
在我的头上，长满了野花和杂草

但掩埋的只能是肉身，在铁链
钩住我的锁骨时，我已经脱窍而去
并且站在高处，俯视着发生的一切

红门

红门高过我的现实，它在
它有两块厚重的木板
两个狮子形的门铃直视着我

它甚至对着我打开过几次
但迅速又关闭，从幽深的内部
传来嬉笑声和一束强烈的光

当我在迷幻中，听到召唤
当我一步步走向它，它却以
同样的速度向后退去

当我停住，它也停住
这让我感到恐惧，在半空中
就这么悬着，两扇红色的门

它们

在深夜，我听到墙壁里
有互相咀嚼的声音，我不知道
是什么在消化着什么

另外一次，我走在路上
一抹白色从我眼前迅速飘过
我无法看清楚那是什么

但这不难理解，有些东西
我们叫不出名字来，它们在
看不见的领域里行动

就像某个夏天的午后，我看到
厨房里的瓷砖在冒汗
我怀疑，那里面也有一个人

散步

这个冬天，雪覆盖着整个
杭州城，我走在去往
郊区的路上，喧嚣渐渐被甩在背后

过去的伤疤被掩埋，两旁的
田地上，芥菜伸展着叶子
它们还没衰萎，太阳还没出来

雾气裹着我，一种久违的凉
沁入心扉，来路和去路
我的目力所及，只在周围的一百米内

这让我不用想着太多，在去往
郊区的路上，就我一个人
雪地里隐隐传来虫子的唧唧声

一生

现在，我写下这首诗的第一行，
代表着一个诗人的诞生。
之前，我不是诗人或者与这首诗无关。

接下来，我要抚养这首诗的成长，
给他阳光、空气、水和食物
是不够的，还要给他——

欢乐、烦恼、青春期的躁动，
以及脸上的雀斑，与另一首诗
的互文、交合，为以后的生命

埋下种子，欣喜与焦虑，
奔波与绝望，一首诗的重量
压在了这一节的肩膀上。

慢慢地，一首诗有了外在的结构，
看起来就像一首诗了，我开始
变得多余，从这最后一行纵身跃下。

暮色中

1．事件

飞机在我的体内
发生空难。在坠毁的一刻，
我看到一个猎人，用枪
指着屋檐上的麻雀，
"砰——"的一声，整片天空
都黑了下来。而我，
掀开早晨的报纸，又有一个
娱乐明星，车祸身亡。

2．暮色中

暮色中，善良的品质
变得和缓，像一层薄雾
老人们把握住了最后的时光

3．一种愿望

我穿过面前的，这片住宅小区

巷道窄得令我陷入冥想
一种愿望呈现出来，随即
又消失于尽头
菜市场的叫卖声，催促着
每个人最基本的欲望
我在一个肉摊前，停下来
挑拣着骨头，看到屠夫
老练地，剁、剁、剁——

洗澡

在浴室里，我用手点着
水池里的泡沫
它们一个个破灭
我突然就感觉到我的衰老
对面的镜子
由于覆着一层雾气
而使我的面容更加模糊
我用毛巾
使劲地擦着玻璃，那也只能
让我清晰一瞬间——
当我意识到
一切都无能为力，我只好放弃
池里的水
这时，我看到
很多的头发
我又开始变得聚精会神
我细细地数着
这一根根脱落的头发

第四辑

非个人史

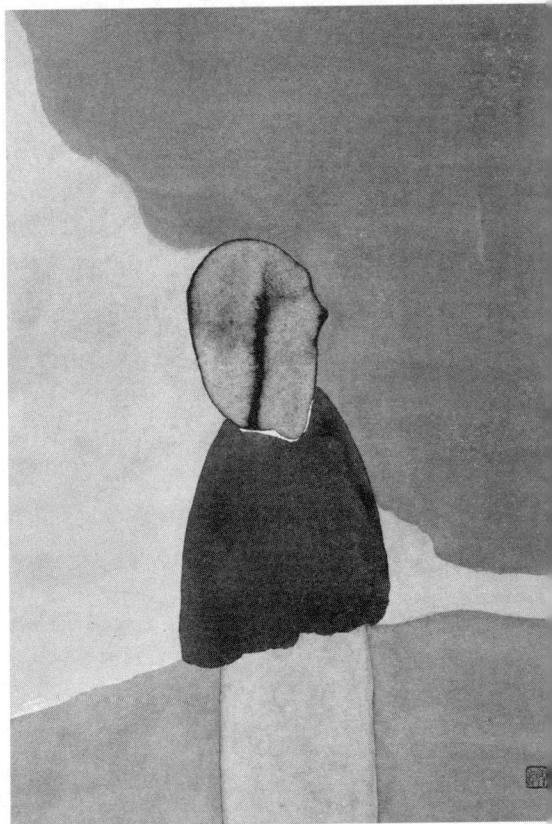

有一把锄头可以切断我，有一根草
给我呼吸，有一个街头供我曝晒尸骨，
有一张纸，在第四个空格写下：身份，其他。

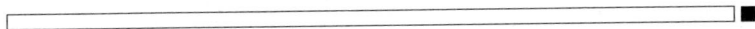

马赛克

小时候。供销社大楼。
我看到泥水工人，
站在脚手架上，贴着一种小瓷片，
他们说这叫马赛克，后来，
有一个人从脚手架上摔下来，
我就再也没有去看。
再次听到马赛克，是在上高中时。
有一次周末，我和几个同学
去看录像，荧屏上晃动着一个
女人的身体，有一些部位
用一种模糊的东西挡着，黑暗中
我听到有人说那是马赛克，
当时，我就想起那个泥水工人，
在我还是很小的时候，他站在
十几米高的脚手架上，想些什么呢？

休息日

1.

衣裳褴褛的先知与我玩着游戏，
一个两面都一模一样的硬币，预示着
幸福即将来临，嘘，不要声张——
他们难得有一个空闲的日子。

2.

我要悄悄放下武器和头脑，
沉浸于疯子的想象，在人群中
喋喋不休，自言自语。

在走过的路上，墙壁和电线杆
都要用木炭刻下记号，这有什么启示，
这有什么意义，疯子的口中念念有词。

3.

两性的树，无性的树，缄默着
在我虚构的场景中，渐渐地
褪化了颜色，这预设的时间、地点、人物，
真相的圆滑以及辩证的双面性。

4.
就在一转眼之间，捡塑料瓶的老妇
又掏空了一个垃圾桶，她挺了一下
微驼的身子，用一支手捶了捶后背，再次
向前方走去——

经过我窗下的时候，她捡了几块煤渣，
用略微恐慌的眼神，
暗示我随时可能到来的寒冷。

5.
我说，在那些捕杀青蛙的人当中，
只有孩子是可以饶恕的。

6.
这不肯和缓的内心，在记忆的源头
蠢蠢欲动，一个孩子用刚学到的知识，
拼命查阅着字典——

"母亲"是一个词吗？

它是否可以被拆开，被重新组合，
就像一个玩具，一会儿是马，一会儿是
汽车，一会儿又变成一个机器人？

"母亲"是一种称呼吗?

哦,长时间的冥想,我体内的气候
已经转凉,成长之路悬在
落叶纷飞的空中,隐隐指向过去,变轻——

一加一的亲情小于二,也小于一。

7.
而我,没来由的恐惧
来自于何方?常常当我喝到
稍凉一点的水,就会
不自觉地打着冷颤,当走下楼梯,
我就开始怀疑,房门有没有上锁?
当一个人看着我,当一个人不看我,
而站在我的身边……当亲人离去,
当爱情来临,当孤单,当我
又陷入人与人之中……

8.
我必须承担,这宿命似的姓氏,
像苔藓,在我坚硬的皮肤上,
覆盖,大面积地生长——

每一簇都有着茂密的根系,扎入
我的血管、骨头,我必须承担:如此。

9.

那么，我愿意在灰色中生活，墙
是否就会不翼而飞呢？

那么，判决的日子已经到来，
罪犯和罪犯之间是否可以取得原谅？

10.

房间已经渐渐地暗下来，
像狗一样到处游荡的时光暗下来，
三十年的内心暗下来，
突破的企图暗下来，
肝病、手术以及医生的微笑暗下来，
交易暗下来，
走私暗下来，
商店、教堂、法院的门暗下来，
事故、谎言、性爱与自虐暗下来，
叛乱的决心暗下来，
亲人的脸暗下来，一块窗帘拉上，
唰的一声，整个世界暗下来。

11.

而我，终于看到一缕在字面上
晃动的光，终于变得安静。
这苦难已经翻到了最后一页。

再也不用去圆谎，一面纸糊的墙
被点了又点，多么的无济于事。
道德的疤痕泛着蝶斑，微微褶皱。

遗弃呀，遗弃呀，这从少女体内
提炼的铜，如碎屑沉积的页岩，
一片一片地，勒索着行割礼的血。

慢慢地，我在真理和纯洁中沉默。
疼痛一幕幕掠过，像旧时的胶带，
只有黑白的影像，没有声音。

12.
是啊，我怎能去想象这新的开始——
一整个下午，我只是静静地坐着，
高贵和悲悯又回到我的身上。

良民

这些日子·我放弃修行，这些日子
我沉默，像被用过的水，
流过某一双手，流过水池——
流进这座临时城市的下水道，
没有叮咚，也不去玷污原住民
的眼睛，我沉没，像其他的
失去贞操的水，这些日子
我流过下水道，顺便带走几片
腐烂的菜叶，油滓，排泄物，
避孕套……这些被命名为——
污浊的东西，它们统统从地面上
来到地下，和我肩并肩的前行，
有些在途中，被留了下来，成为
障碍物或者地下的良民，等待着
挖掘，这些日子，我跟它们
打成一片，并不感到寂寞——
一个漂浮的女婴，和我相伴，
她微闭着双眼，那么小，
绵软的身躯，就像刚刚出生的兔子。

抚摸

这是头发，它原来顺滑有弹性，
现在已经干涩，像被寒霜
冻过的茅草；这是额头，仍然
在企盼着风调雨顺，这片苦难的
土地，苦难并没有减少；这是
眼睛，看到的事物渐渐产生重影；
这是鼻子，塌陷，毛孔粗大，
爬进爬出的虫子，没办法看见，
像房梁里的衙役；这是嘴巴，
说过的话已经冷却，风还在
一个劲地吹；这是乳房，抚摸
的手，在这里颤抖了一下，它
现在只是一张褶皱的皮，像抹布；
这是，幅员辽阔的腹部以及
深深的肚脐，已经被沙尘暴覆盖；
这是……一次次，总是到这里，
停下来，仿佛我的祖国抓住了我的手。

弥漫

从江南到江北，弥漫着胭脂
平坦而辽阔的原野上，姑娘们
把握住了——地势和流水的走向

房舍、写字楼、湖边的小屋
从绸质的窗帘里，透出两三点
涂着凡士林的灯光——

啊！趁着夜色，温柔正在大面积地蔓延
伟人的头像以三倍的速度流通
我正在麻木，随着钟一下一下敲响

我一根一根地拔掉身上的羽毛
撕裂的疼痛，染红的床单
从此，不再作为纯洁的证据

镜子、家庭以及房梁上的老鼠
安静地看着我，游弋于——
口红与口红的间隙中，如鱼得水

下班的路上

街道还是那样混乱：摆摊的、
拉客的、乞讨的、无所事事的、
行色匆匆的——
有的人往南走，有的人往北走。

交通还是那样拥挤：公交车、
运货车、自行车、小轿车——
它们在十字路口，绞成一团。

我还是在车厢里东张西望：翘腿的、
看报纸的、打盹的、与邻座拉家常的、
发呆的、听手机的、捂住手提包的、
用下体往前面屁股顶的、用乳房
轻轻擦着别人后背的——
我悄悄地享受着这些观察带来的乐趣。

这每天必须经过的路上，还是散落着：
痰迹、碎纸屑、便当盒、排泄物、
腐烂的菜叶、残疾的小孩、搁置的

豆腐渣工程、阴沉的脸——
终于到家了，出租房门前的运河水，
还是像昨天那样浑浊。

啊，这欣欣向荣的春天

运载人头的火车，繁忙着
运载猪头的双层卡车，也繁忙着
少女剥衣服的声音，繁忙着
工地打桩的声音，也繁忙着
小丑忙着跳梁，草木忙着发育
鲜花忙着引蝶，柳絮忙着私奔
头脑也忙着清洗……
啊，这欣欣向荣的春天
燕子失去了消息
乞讨者缩回了残疾的手

鱼的论证

捕鱼人露出本性
在于渔网被礁石卡住
硬实的、沉甸甸的
教训。这时候——
水摇摇身子，先把自己抹黑
趁机成为刽子手
鱼暂时无用武之地，只能蹦跳着
退至岸边
新鲜、锐气，像 一个
乌托邦的坚守者，悄悄地
把热血冷却
压在闪光的鳞片之下
它开始观察、分析、论证
这门新兴的哲学：
捕鱼人——渔网——礁石
它们对立而又统一的进程
充满着血腥
暴力在两端暗暗较劲
无辜的脆弱者
被拉扯，随时都有崩断的可能……

但它们还在坚持
十分钟，这场景变得熟悉
鱼也失去兴趣
觉得百无聊赖
并且皮肤逐渐热起来
它意识到
必须作出抉择，但两边
都是绝境：身前是浑浊如油的水
身后是滚烫的沙滩，和藻类的尸体

生日之诗

平淡无奇的夜晚
平淡无奇的一年又一年
我在分泌着黏液
像一只被陷害的蚌
遗弃和疼痛
渐渐成为我的财富
我把这些摆在宴席上
一个人吃着病菌
孤独发出光芒
越来越深入血液的膏肓
在我的周围，燃着的
二十九根蜡烛像鬼火
像母亲萎缩的子宫
煎熬的夜晚
煎熬的一年又一年
我把自己点燃
温暖、温暖
再也没有入口

请——

我就是我，而我们是一团唾沫。
请把我从我们中抽出来，成为谣言，
成为孤单的一个，或者忽略。

请用手抓住自己的头发往上提，
在离地面五米的上空飞行，
碰到障碍物，请自动绕过去。

请把贝和壳分开，让美好成为
无用的饰物，挂在姑娘的耳垂或者胸前，
请不要联想到金钱，以及它的背后。

或者干脆让肉体回到壳里，住下来，
一辈子平淡地住着，而不孕育珍珠，
不给人希望，请让它们重新回到水里。

最后，请把人从人民中拉出来！

在我的家乡

在我的家乡
人们为了躲避乌鸦
而闭门不出

而放弃土地

成群成队的乌鸦
从远方来

在我
食不果腹的家乡
人们的命更短

非个人史

遗弃、绝望、乌托邦，它们
规范的称呼是：乡下、县城、省城。
这几乎是我三十年的拉锯历程。

从一个母性到另一个母性，斗争
具有普遍性，在我赤裸的窗前，
始终矗立着一棵巨木，像榨取和压迫。

三十年，我仍在拉锯。切割的进程
跟不上年轮的增长，越来越深的木屑，
掩埋着来自地底下的蚯蚓的呼喊：

有一把锄头可以切断我，有一根草
给我呼吸，有一个街头供我曝晒尸骨，
有一张纸，在第四个空格写下：身份，其他。

吸毒者

诗是海洛因，我每天拿着笔，
向自己的肌体注射。一阵
几乎痉挛的快感，精神有毒呀！

每个吸毒者都是受伤害者：遗弃、
歧视、陷害、疾病、自戕……
现实清晰得像针在挑着手心的刺。

锥心的疼需要米一剂，在稍瞬即逝
的迷幻中：母亲张开双手，陌生的人
像兄弟，祖国与我有所缓和……

为了这三秒钟的美好，我像狗一样
活着，我对着肮脏的月亮狂吠：
我要活着，我和死亡还有一首诗的距离。

我在傍晚走上屋顶

我在傍晚走上屋顶
运河的浑浊
渐渐隐没于夜色
越来越辽阔
越来越澄明的一片大海

夜风吹
头发和理想往后
时而拍打着松弛下来的肩膀
我把这当作一种抚摩
像喘息的狗，用舌头舔着鼻尖

我常常，在傍晚走上屋顶
屋檐下是私生子、弃儿、雏妓
是民工、发廊女、小货推销员
是我这些苦难的兄弟
与时代的厮杀

夜色中，这些就是
我的孤独与压迫
它们像大海中的一叶扁舟

在巨石从我身上

在巨石从我身上
搬走之前
在捂住伤口入睡之前
在疤痕永远
不可能消失之前
在每个家庭
热衷于破裂之后及之前
在母子相逢之前
在灵魂像垃圾一样
被收容之前
在受尽折磨之前
在终于死去之前
在我始终
看不到人醒来之前
没有什么
可以止住我的疼痛

火车站

坐在候车室的台阶上
我疲惫，干涩
像一块难以下咽的饼干
那么多的人对我不屑一顾
警哨声，一次又一次地
把我搬回蒸笼
没有风，刺鼻的味道
弥漫着整个空间
我闻到的是肉体，是我的肉体
夹杂着其他的肉体
在慢慢变馊……
沉闷的，仿佛来自
地底下的钟声
终于响起，我来了
我来了，绿蜥蜴的肚皮

运河桥

1.
夜色中，冷静下来的水泥在喘气，
包扎着流脓的伤口，我扶住
一根歪斜的栏杆，它的颤抖——

一阵一阵地，从这支折断的手臂
传到我的手臂，仿佛无声的抗议。

然而，在这越来越稠的夜色中，
我听到一种吼声，有时候清晰，
有时候又好像被什么扼住？

那是些死去的生灵吧，它们
不死的魂灵穿过淤泥和浑浊的水，
在河面上缭绕，在桥底下聚集。

2.
冷风吹着一颗外省的心，两岸的纸屑
蠢蠢欲动，我遗弃了家园，

命运遗弃了我，想到这些——
我走过的旅程，就像这河道一样肮脏。

然而，原住民还在向我倾倒垃圾，
他们用方言和眼光告诉我真理：

我才是垃圾，
我才是这条古老河流的污染源。

3.
爱情不配我拥有，不配像我这样
赤脚走过水泥桥面的人拥有，即使是
被咀嚼、被消费过的爱——

年轻的姑娘属于速度，属于
飞驰而过的轿车，即使是像我们这样
在桥面上徘徊的苦难者——

她们廉价的笑容，临时的身体，假装的爱，
也需要我付出，整整半个月的精血，
这世上，只有这座破旧的桥，不向我收钱。

4.
桥下几只运煤的船，还在呜呜地叫，
听起来好像已经有气无力。

它们也只能叹息，在远古时代，
它们年轻力壮，是鼎盛王国的支柱：

帝王和将相随着流水的走向，
一路寻欢作乐，而现在他们改变了方式。

而我也只能叹息，白天和黑夜，
老迈的躯体驮着累累煤袋，一半浸在黄水中。

5.
在深夜，桥仍然无法入睡，
钢筋的骨架仍然被震得山响。

啊，无能为力的爱，
不能选择的折磨，
是否就是一种宿命和习惯？

这折断的栏杆，是我的手臂；
这不散的冤魂，是我的内心；
这飘动的纸屑，是我的皮肤；

这浑黄的河水，是我的血液；
这老迈的船只，是我的脊梁；
这徘徊的姑娘呀，是我的命……

我转过身去，黑暗笼罩我，
人以及牲畜的气息，渐渐地虚弱，
远处氤氲着几点亮光，像忽明忽灭的鬼火。

第五辑

生锈的母语

●

而雷声在驱赶嗓子，春天
在把思想漆成绿色

切·格瓦拉

革命过后，习惯了
互相残杀的我
变得无所适从，整个世界
都是崭新的
我的内心空荡荡
没有人虐待我，也没有人
可以让我虐待

但斗争的理念，已经
无法更改
像吃饭一样，我需要血腥
需要敌人的残酷
以及战友间的亲密

革命过后，祖国留给我
拐杖和战争的幻象
而他抽身离去
我一瘸一拐地走在
哈瓦那街头
熙熙攘攘的人群，已经

分不出敌我

轰隆隆的汽车像机关枪
血正一片一片地从天上飘了下来

大雪之夜

这雪，冷。无与呼喊。
这雪从内往外下，这血，再也
无处流。

这血，冻住。这血，青年
在盆地里，呼喊。这雪，从外往内，
扑。疼痛。

这雪，一颗颗，橡皮子弹。
这雪淤着血。这血，脸盆里的青年，
无与呼喊。

这血，这雪，这雪，这血，
雪，血，雪，血，血血血……

老屋

坐在老屋里，整个下午都像
是旧社会，灰尘
聚集起的力量，驱赶着光线。
一支一支的刺刀，从屋顶上直戳下来。

我发出一声嗷叫，先辈的沉闷
窒息着我。
而阴郁的木格子窗，并没有
像我想象的那样，稍微晃动一下。

人们转过头来，用目光寻找着
这个和谐的破坏者。
一刹那，齐唰唰地落在我的脸上，
冰凉，但并不比刺刀锋利。

我知道格子窗外的天空，是疼痛的。
一小块一小块的蔚蓝，幻化成
一个一个乌黑的弹孔，
仿佛一个伤痕累累的男人的胸膛。

这美呀

——致潘维

我的少女来得比黑夜晚，
去得比黎明快，这美呀——
时间不够我来陶醉，才华
不够我来浪费！

像一场轻薄的梦，那些
难于启齿的想法是多么美好。
一个个粉扑扑的少女，
我把她们腌在心里，酝酿成酒。

从此，这美呀——
像一条围巾，把我围在人世间，
她们造反、遗弃、反复地爱和伤害，
我的内心孤单，但温暖。

从此，我心甘情愿地扛着刑枷，
游街示众，这美呀——
挂在我脖子上摇晃的，
是维纳斯不肯缩回去的手臂。

回乡偶书

我怎么说出我的故乡，
才五年不见，物非人也非。
感叹呀！我所有曾经
熟识的姑娘，都嫁给了我熟识的人。
如今，我站在他们的门口，
再也没有话说。在故乡，
无所适从，我仍然像个异乡人。

我只能在街上闲逛，迎面
走过的老人，依然硬朗，无所事事。
而更多的，已经消失。

孩子们像不知名的草木一样生长，
一小簇、一小簇的吵闹声，
贴着沃黑的泥土路蔓延。

而我又要离开，在颠簸
又拥挤的班车上，故乡渐渐
退入无声的回忆——

我只能说：那年离开，故乡 25 岁，
如今已经 30 岁。如今，
到处弥漫着一片繁衍的气息。

四方形压迫我

四方形压迫我。
越缩越紧的四方形迫使我，
嗜睡如命。
在梦魇中我生根发芽，
胡乱地长得，枝繁叶茂。

园丁、园丁，你在哪里？
快拿着你生锈的剪刀，
来裁我，剪我，
用你的美和违背内心的形式主义
修正我。

现在，我已届而立的灵魂
矮胖，在稀薄的皮囊里突围。
罪恶声东击西，
像出租房内的独居者，
紧紧地，勒住十二平方的黑暗。

四方形压迫我，我拾起满地的
良心和责任的碎屑。

用绝望的爱，用糨糊——
我该对这伸缩自如的墙壁，
一遍遍地诅咒吗？

控诉之诗

以婴孩的第一声哭嚎
控诉——
这繁衍，这离弃，这刺刀般
亮闪闪的光明，这沉重得
无法承接我微笑的酸性土壤！

我成长，我腐烂，
我以腐烂的头颅控诉——
这思想的圆形，这幅员辽阔的性，
这货币的阴沟，这猪，这到处
像猪一样的生活，以及生活的残余
——人民的避孕套！

沉默呀沉默，这死一般的沉默！
我以狗的吠叫声控诉——
这妓女裙下的衙役，这尖叫，
这脸、无脸，这喧哗，
这无声的喧哗，这繁茂，
这加速消耗着生命的枝繁叶茂！

控诉！控诉！
我以必将死去的身躯控诉——
以身躯上的跳蚤、蠹虫控诉——
这坟墓，这集体的坟墓，
这坟墓边虚构的花，这必须溶入的土壤，
——这无法承接我微笑的酸性土壤！

清明

这些日子，天下不下雨，
我的内心都是雨纷纷，亲人们
死去活来地把我思念。这些日子，

我的皮肤开始长草，胡乱地长，
纤细的叶片紧拽着泪水，
干渴的灵魂，嗅不到一丝青翠。

仿佛是我自己，曾经
在地下修炼的日子，冗长而黑暗，
并时时伴有被绞杀的疼痛。

但疼痛是必须的，疼痛
是从亲人的骨头里，长出来的白花，
它探着小脑袋，在微风中摇曳，

这令我悲伤。这些日子，面对着
四分五裂的家园和亲人，漫天飞舞的
纸灰召唤着我，我悲伤。一座座的墓碑，

在我的心里竖起。我记起那些
遥远的贫穷的亲戚，我给他们寄钱，
并在自己的墓碑上，写下我的陋室铭。

这些日子，我相信我会死，
亲人们会活过来，他们像我一样，
把我怀念。这些日子，我迷信。

生锈的母语

擦洗还不够，我要刨——
这生锈的母语；
我刨：意义的灰尘，隐喻的水泥，
继续刨：一些象征的砂石；

还不够，这自虐的过程，离骨头
还有一段距离；
——远远不够，要用肉体的金属
去撞击金属：

而雷声在驱赶嗓子，春天
在把思想漆成绿色；
还不够，年轻的弃妇，
教着私生子，流利地说出：A – B – C；

而，还不够，反抗体温——
还不够，刨掘幼嫩的尸体还不够；
我扯下充血的声带，拿在手上，
像拉手风琴一样，拉出

生锈的母语；还不够——

句子

句子对着我的脑袋，
来来回回地拉：句子它要
一截截地锯开，
我这不可雕的朽木；

而拉锯的人，隐匿于无形。
句子它不慌不忙地拉，
逐渐地深入皮层、肉体、骨头，
如一段光阴，让我——

稍稍感到疼痛；而血呀，
固态的血像锯末，从两边
纷纷漏下。句子它——

自上而下，把我锯开，排列成
十四个长短不一的音阶，
带着体温，像一首暖和的死亡之诗。

旁观者

旁观者看到词语在杀人，在
抽筋剥皮，
每一处砍头的刀口，都闪烁着

晶莹的光，一笔一划，
像钻石
镶嵌在少女被洞穿的耳垂。

旁观者无所适从，
美——
构成了他心中主要的噩梦。

挣扎，使得绳索越勒越紧。
旁观者卷入事件的中心，
在自己的想象中流血，牺牲。

迁徙

1.
并不是血，而是两截
生锈的水管，
给我无穷无尽的仇恨；

剁开的鱼头知道我的过去，
不断的迁徙，
并不能改变树的命运；

而鲜艳的鳍，让我
记住屠杀的场景：
当剪刀剪断我的脐带，

一片鱼鳞在伤口处闪光，
——暗红色的胎痣，
使我对生命的残忍缄口不语。

2.
皮肤黝黑并不是我的错，
长得瘦削，

也不是我的错——

太阳照着我，
我并不能光合作用，
满身灰尘的树比我幸福；

当我也开始迁徙，
鱼的腥味飘满车厢，
我一下理解了人世的苦难：

并不是只有我，携带着先天的
病毒……公路两旁突然
出现的铁丝网，勒进我的心。

3.
并没有迁徙，我只是
在原地打转：到处都有铁丝网，
到处都有枯死的树；

多么徒劳，母亲只是空白，
只有病毒是真实的，蚕食着我的肝，
煮熟的鱼翻着白眼，它说：

并没有人，有的只是一个
偏正式词语：人民，
重音落在第二个音节上；

我在心里默念：人民！
并努力地尝试着，把重音往前
稍稍挪一个位置，啊，多么徒劳！

外面的阳光

外面的阳光，对他们来说
依然美好，这没有错。
而依然是，我的仇人，
依然是：温和、明亮、毒辣。

依然是我对这几个名词的解释：
温和，绵里藏针的怀柔手段；
明亮，这赤裸裸的掠夺啊；
毒辣，它终于开始的铁腕政策。

而你说："如果记忆让自己目不忍视，
请把目光移开……"
多么美好的愿望！可是，
记忆它在，阳光它无所不在。

可是，他们还在伐木，
他们在空调和冰箱里游泳，
他们还说把腰扭得变形的蚂蚁
是欢乐的，对于那些落在墙上的光斑啊，

我依然无法信任。"那么，只有黑夜
才是安全的，罪恶它看不见！"
我走在路上，馒头山的月色泻下来，
啊，依然是，月亮它依然是后娘的脸。

幸存的牛

幸存的牛在反刍着大海的滋味
眼里拍着朵朵浪花
在夜晚，它叹息着——

我们不得不走上空旷的街头
呼喊的声音随着夜色变凉，除了
一些玻璃屑硌脚，一切变得可以接受

人类已经安歇，并没有鬼敲门
另一些人类不得不占据我们的窝棚
此刻，他们正在嚼草或舔着自己——

身上乌黑的血！

幸存的牛走过街道和北方的田野
睫毛上挂着一颗颗盐粒，像钻石的悲哀
倒伏的稻穗铺就黄金的路

啊，太阳这个落井下石的帮凶
它照样在大地上趁火打劫

人类醒来，像昨天一样，一切都没有改变

我们再次走向街头
一些人类再次占据我们的窝棚
另一些人类，拿起镰刀对着空中胡乱挥舞

九月

已经是九月了，残酷
仍然在持续，
西南方向传来了坍塌的消息；

那是孩子对着塔尖，
呼喊——
父亲并没有带来鼠眼里的希望；

而只是

深浅不一的洞穴，吞噬着
木材、昆虫、没有发言权的石头
以及人的渣滓；啊——

我知道了：应该赞颂泥石流，
在苦难的丘陵地带，
又开辟了一条崭新的航道；

而只是

已经九月了，不完全燃烧的骨头，
在黑暗里扑闪扑闪，
聋哑的孩子，以吃奶的力量，

撑开白内障的眼睛，他们哭泣，
搂着焦黑的木桩哭泣，
并细数着属于自家的萤火虫；

而只是

衣服，衣服掩饰了昨晚的噩梦，
在一个寒冷的清晨，
被宠幸的杜鹃花，齐唰唰地开；

仿佛九月已经过去，九月已经过去，
朝霞却在无意中，
泄露了天边布满血丝的新闻。

孤独的声音扭开了一把锁

孤独的声音，扭开了
一把锁——
说，血覆盖着血
长出一层阴绿的铜斑；

刮，我们得刮——
有两次，肥硕的臀部
向着太阳敬礼，
而被生生地按了下去；

说，一枚硬币的正反面
是什么？而现在
又是什么，全部的秘密，
卡在生锈的钥匙孔里；

人头向着金属砸去，而
呼喊，向着棉花
整整一个北方啊，向着
向着南方压过来；

那可供辨认的表格上，血
覆盖着血，不再有犁痕
孤独，被爬满青苔的墙壁
反复地，反复地弹了回来。

那些死去的孩子……

孩子，你
只有一粒豌豆那么大
你该躺在暖和的胎盘里
听羊水缓缓拍打堤岸
听，来世的音乐
隔着肚皮缥缈而来
而现在，我的孩子
你在福尔马林的气息里
排队，当终于
你像一粒豌豆那样
被剥下来，你以为
世界就是白色的房间
和床单
而生命的历程
就是一闪，像手术刀的光
来不及哭泣
哦，我的孩子，在你呼吸的
几秒钟里，你觉得疼吗
你来不及回答
就把疼痛给了一个女人

因此，她是你的母亲
而当你像一粒豌豆那样
被剥下来
她就有了双重的疼痛

钉雨

突然
明媚的内心
被乌云统治了半边天

外省的额头
以及写着咒语的条款
在风里撕扯

闪电追逐闪电
人驱赶着人
雨像钉子一样，不停地

往下钉，一只麻雀
啪的一声
撞在对面的墙壁上

大地，你这被搁置的大地
不要颤抖，你看看
那被倾倒出来的尸体

在飞砂走石
在通往郊区的水泥地上
反复地摔打

雷声，请举起锤子
请把人的头颅
按在砧板上吧

矿藏，丰富的矿藏

1.
以胸口抵住枪口
的现实

闭一只眼
从准星望出去

还有
那么几个鼻孔
像烟囱一样

对着天空
喷吐怒气

2.
窗外
一片模糊

这不是
天空已经变态

而是人
在屏幕上
制造雪花

3.
从肋骨下
不断刨出的煤
还在燃烧

从耳洞里
倒流的卤水
已经提炼成磷

你能闻到
傍晚的空气中
弥漫着
人烧焦的味道

4.
唯一的光是把
脊梁骨
种进地里

或者是
把脊梁骨

直接点燃

大地上有那么多
无家可归的萤火虫

5.
要呼喊，就对着
石头
呼喊吧

声音也不会
长成苔藓

喊累了，就和石头
一起沉默

干脆
变成石头
自己把出口封住

6.
这整整一车的煤呀

这整整
一车的煤

这整整一车的
煤呀

需要多少
人的渣滓

7.
掏出心：焦黑的心
掏出肝：硬化的肝
掏出肺：结核的肺

再掏出
嫁接的肋骨
虫蛀的脊梁骨

啊，人
靠空壳支撑的人
你还不坍塌吗

8.
在屋顶上
整夜呼号的是风
护送着冤魂

不需要等待
两队屎壳郎

就要掘穿这黑暗

那些冤魂
就要在空中
结出成串的葡萄

第六辑

夏日之诗

我的心镀上了一层锌，而这
一点也没有好处
可能的乌云，笼罩着烟囱
可能的心在摇摆

傍晚登上凤凰山

不能和湖边的晚霞妥协
她体内
潮湿的江南
几乎就要让我放下武器

我折身
向清凉的山谷
这是一次撤退，也是一次讨伐
一路上，我不时地拨开
路边枯干的杂草——

那些被遗弃的发黑的石头
凝视我
凝视着我
以旧朝代的冤屈的瞳孔

不能妥协
不能和这落日的余晖妥协
黑暗就要来临
黑暗就要来临

黑暗就要在我的静脉里
奔走，敲敲打打
就要——
在我残破不堪的体内
搭建出一个崭新的帝国

不能妥协
不能妥协
当满天的星星蠢蠢欲动
当月光
已经像妃子一样
一阵阵地抛过媚眼来

我摊开的右手

我摊开的右手
是黑龙江
苏联在彼岸下雪

我的胸膛埋葬着
硬币里的皇后，她此刻
正在左心室的后座上听政

而她的疆域，从
右手到左手
已经墓草青青

我的呼吸是一个两面派
呼出的是忠臣
而吸入的是奸臣

但血液，还想曲线救国
还想收复
沦陷的莫斯科

我开始对着彼岸呼喊
彼岸在下雪
喊声像鸽子脱落的羽毛

不停地呼喊，羽毛纷纷扬扬
覆盖全身，我展开双臂
觉得像一架老式的米格战斗机

现在，我摊开的左手
在彼岸回望
江面一片灰茫茫

视线
像企鹅一样趔趄着
额头聚起西伯利亚的悲伤

纪念一棵树

我和屋后的那棵苦楝树一样
枯死于十七年前
关于这一点，把我的头颅
镂空为巢穴的乌鸦知道

我的躯体至今还活着，是为了
每年的此日，能在左臂上
开几朵白花
乌鸦尖硬的喙，敲击着钢板

噼噼啪啪的响声，像
节日里的鞭炮
也像漫天飞舞的子弹
从此，我患上严重的耳鸣

灰尘、报告、性病
以及上证指数，这十多年来
所有的事情轰隆隆
对我来说，所有的事情都在轰隆隆

我像一只笨鸭一样，当响雷
打在屋檐上，打在我以及
同伴的头顶上
我摇晃了一下枝桠，一脸茫然

我现在成了一棵镂空的树
每年的此日，我还坚持开白花
有时开得大朵一些，只是为了
暗示行人，在适当的时日我们应当悲伤

初夏

——兼致石头

在大雁进入课本之前
我们应该温习苦难
记住：那些被词语击倒的人
他们是我们的兄弟
他们的脸永远
叠印在我们翻开的扉页上
而气候开始转潮
日记本的第 57 页
曼德尔施塔姆的关节在疼痛
俄罗斯还飘着雪吧
解冻的日子遥遥无期
而我这边，你知道的
情况只有更糟
我的肝脏，病毒搜刮着膏脂
焦虑已经影响到
屋前的那棵翠竹，每天清晨
竹叶尖上垂挂着晶莹而
有害的露珠，这些使我惭愧
但写作还在继续
只是写作本身开始变得可疑

我们曾经谈论坦克
以及你的家乡那把缺铁的锄头
这其中的转折，技术
并不能解决
我们只能使劲地拉着风箱
在一堆破旧的名词里
锻造出钢铁来，所以在茶馆
讨论有什么意义，我们不如
到街上去，发呆或者
尾随捡破烂的老妇身后
看她们专心致志地
翻着垃圾筒，当昨夜
我们的脚像压路机
又一次压过环城西路
你被同类撞伤的额头，刚刚
平息了一场战乱
这，还需要指认诗意的存在吗
生活已经
足够令人绝望，但必须坚持
我的意思是，我们
应该时刻警惕
那些对词语葆有洁癖的人
四月
只剩下最后两天了
但残忍，仍然在持续

在溪园
——致石头

傍晚的余晖
又收复了一大片屋顶

在满是脚印的城市
我们寻找着人的踪迹

五碗大米饭令彼此温暖
之后，祖国被我们一再提及

远在天边的血痕，映红着脸
除了吃饭，我们就是绝望

拐过那个巷口，你闻到
炭火烤焦脂肪的香味了吗？

不能说
我们对肉类没有兴趣

你和我，以及这拥挤的街头
从来都只是人民

麻雀之诗

1.

麻雀之诗在于对

残暴的饶舌

街角的拐弯处，修辞

被勒住喉咙

咿——呀——

幸存的拟声词扯断了绷带

并不是盐碱地

而是庄稼的茂盛

缺少原创性，连枪声

也有抄袭的嫌疑

麻雀从标本册里

纷纷飞出

剪纸一般，在广场上空

做着漂亮的滑翔

它们刚刚

掠过屋顶的避雷针

我听到

带电的肉体在静静呼喊

2.

麻雀卑微的肝脏内

也有着乌云

它飞，带着一串串

玉米地里的雷管

尽管俯冲

也有着绝望的欢乐

但不，翅膀不能两次

出租给天空

晚霞，那是亲人

被弹片刮落的羽毛

麻雀小小的心里

刮风、闪电、打雷

凝聚着雨滴

但不落泪，不承认

粮食的丰收

以及爪子和喙的相对论

在镶满眼珠的大地上

飞翔就是犯罪

无主题练习

天气歹毒，我怎能怨恨
铁丝线上
那排现实主义的鹅

在疼痛与疼痛之间荡秋千
相对的两个高度
都有静脉曲张的可能

茅草根可以降血压
可以防肠断
啤酒的泡沫修正着三围

羞耻感正一点一滴地
增加我的体重，而空调
逐渐混淆了墙壁和皮肤的界限

速写：无头之人

在公园的林荫道，无头之人
穿过两个必乱的年份
倒提的第三个，被闷在公文包里
如今还只能听到
火红的天边，隐约传来布匹撕裂的声音

无头之人继续穿过晦暗的林荫道
夕阳最后的血，喷在他碗大的伤口上
光芒四溢，另一个角落
塑料警察斜倚着失去性能力的树
用手，你就能摸到秋天的来临

无头之人陷入对画布背景的沉思
脖子上的疤痕，渐渐
由浅红色转为绛紫
"不需用标语砍伐树木，不需
用热情放火烧山！……"

此刻，一片枯叶恰如时代轻轻飘落
对于无头之人，这已是

一个无关紧要的介词，他信手拈来
这么一顶上层社会的鸭舌帽
稍稍遮住，脖子上整个阶级理性的黑洞

向保罗·克利致敬
——李青萍同名画作

没有什么
这牢狱就是我的居所
我已经习惯黑暗
和那一抹生锈的光斑

每天黄昏，壁虎捕捉完蚊子
回到我的眉心歇息
我的眼里渗着盐
我的眼里满是大海的漩涡

白色和红色像两个政党
在我的内心厮杀
我要咬破手指，我要用我的血
一层一层地涂满画布

我这一生，除了耻辱就是爱
现在是整个的爱
保罗·克利，你是否听到
这来自子宫深处诅咒般的赞歌

倒春寒

凛冽刮着我的眉毛
一抹恍惚的绿
我不知道，这是第几次
我对春天吞吞吐吐

是的，在变成口吃之前
我就对温暖保持着警惕
对挑逗的嫩芽
表示沉默和提前的哀悼

其实并不是很冷，只是
我的内心感到寒冷
自从那一年，我看到满树的梅花
在一夜之间掉得精光

而今天这个清晨，我像
往常一样独自走过北山路
头顶上的树叶为我
默默忍受着，露珠的迫害

元宵节记

……此起彼伏，整个夜晚
我陷入卧室的掌声中

台灯也有了独裁的欲望
它的势力向一面镜子扩张

听，以至幻听
向四堵粉刷一新的墙壁听

透过淤血，透过鞭炮声
向没有的地方，听——

枪声，那被棉被闷住的枪声
整个夜晚，此起彼伏……

整个夜晚，整整一个夜晚
月光响亮地扇着耳光

数着手指，罪恶就要……

数着手指，罪恶就要消失
而一个国家
就要在指缝间诞生

这一刻，下一刻指缝间唰唰地
漏下了泥沙、残骸
以及恼人的尿液

这一刻，下一刻
泥沙、残骸、尿液……
翻过手掌，把它们死死地压住

数着手指，数着手指
我们都来数手指吧
至少这五百年我们无事可干

夏日之诗（第一首）

请别把心晾在晾衣绳上
它只会随风摇摆
这对我们充血的庭院
一点也没有好处

也请别用大脑，摩擦空气
这对我们一点都没有好处
夏天的灶膛
演奏着一阵阵高昂的乐曲

而蚊子，而文字像轰炸机
带来了远处吸血的消息
在远处，在庭院的一小片阴影中
我的心缓慢地镀上了一层锌

我的心镀上了一层锌，而这
一点也没有好处
可能的乌云，笼罩着烟囱
可能的心在摇摆

我再说一遍：请别把心晾在晾衣绳上
请别用大脑摩擦空气
夏天的屋顶笼罩着乌云
而这对我们一点也没有好处

夏日之诗（第二首）

我们需要什么好处，我们这些饿鬼
天天看着饱汉的笑话
也被笑话着，我们这些拿着词语
沾点酱油，就当作早餐的人

我们这些饿鬼，无来由地相信了一句话
一条路走到天黑的人
而天却越来越黑，紧缩的政策
终于像牛皮带，捆在我们的腰上

而天越来越黑，闪烁的星星有什么用
它们只不过是一双双监视的眼睛
我们还需要什么好处
我们只不过厌倦了夏夜的抒怀

我们只不过厌倦了热情，厌倦了
芥末、料理，以及啤酒泡沫中的哲学
——这些冰镇的哲学
我们只不过厌倦了，相互的嘲笑

我们还需要什么，紧缩的政策
已经牢牢地捆在腰上，我们这些
吃词语、赶夜路的人
我们这些厌倦了厌倦的人

夏日之诗（第三首）

我们其实只是我，在夏天的烘烤下
我趁机分裂成我们
——满地流淌的我们
而这其中，只有一个是真实的我

一个真实的我在变小，在地上流淌
让天空去猜，十分之一、百分之一的我
这听起来多么像犬儒们的策略
但记住，这就是夏天汗津津的现实

让天空去猜吧，在博弈的烤盘上
蜈蚣、青蛙和蛇，谁是最好的孬种
而在分裂的我们之中，有一个真实的我
是否还有一个、或是两个虚假的我

这就是犬儒们的现实，把耻辱收藏好
把仇恨刻在幼小的树上，而这伤害了树
但它仍然长得和我一样高了
在这个夏天，仇恨长得和我一样高

而对于我们，更可能的现实是：吸血鬼
可能是彩虹，汗水可能代替馊掉的血
雷阵雨也可能随时倾盆而下，但仍然可能
洗不去庭院的胎记，溅在树皮上的伤痕

午后的阳光

阳光一秒一秒地掠过
苍蝇的绿眼睛，我呀
我醒来得这么少
现在，焦虑正在一秒一秒的逝去
它已经无法让我
看清镜片的成色，以及你们说的
叶子和叶子之间的区别
"罪恶需要脉络吗？"
"腐臭需要合适的条款吗？"
而这个午后
阳光正在以阳光的名义
掠过苍蝇，掠过我微微涨红的脸
装得没事一般，它依然
平静地落在了窗外
漾河轻轻晃动的水面上
我呀，我睡去的时光
总是这么的少

在漾河边

和晃动的水面对视
一个下午无声无息地消逝
这分行的时光使我羞愧
我内心中依然信仰的
这些高贵的词语呀
你并不能让一个国家变得纯洁
哪怕只是稍微一点点
更不用说高贵了
就说这漾河吧，在我日日的注视下
也不变得澄澈，那些从我身边
走过的姑娘呀，她们的气质
更多的来自于化妆品
可是，我依然信仰着
这些高贵的词语，它使我
羞愧和无声无息地
度过了一个个下午

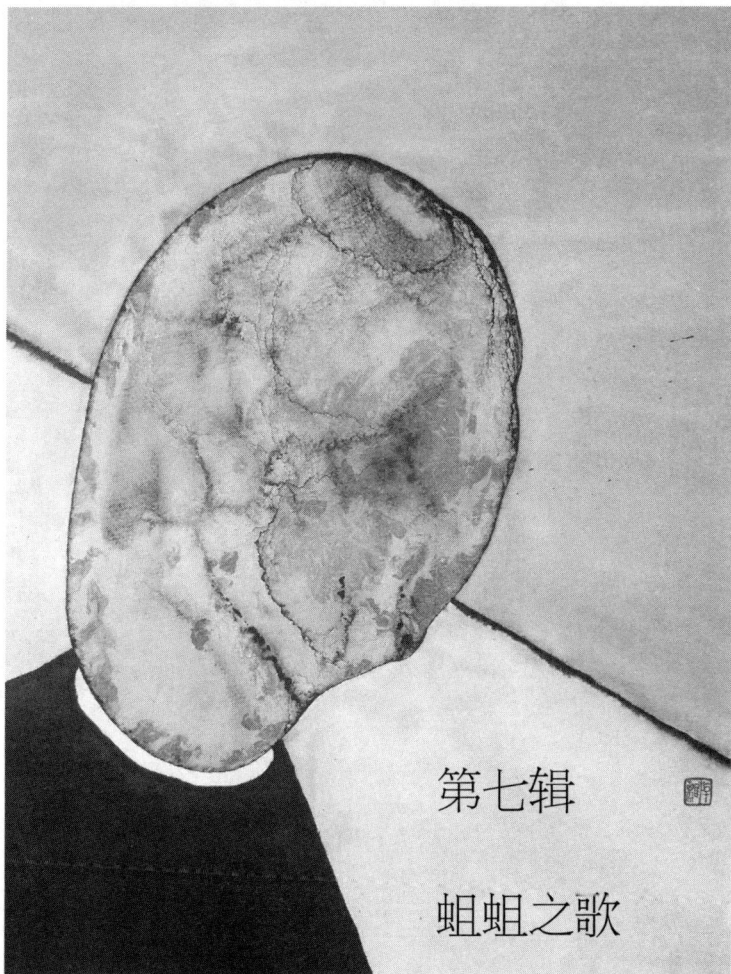

第七辑

蛆蛆之歌

谢谢腐朽
谢谢死亡
谢谢给我无尽的养料

竹筱岛记

——与津渡、雨来、老朱、萧易同游

在此，我理解了岛的含义
它孤独，近在咫尺的海
只能拥吻，而不能将它淹没
白鹭翻飞像心跳，这——

日复一日的折磨，我不能将
对面那座岛的影子抹去
它像一匹年轻的马，无法停止奔腾
我们的过去和将来都是一滩烂泥

然而，我只是一厢情愿
代替岛思考，或许它并不需要
它只是孤独，当潮水退去
当那些拣鸟蛋的人空手而回

但这并不意味着残忍可以避免
从它露出水面的那一刻
从我们五个人像蜥蜴一样
蹿上岩石，虽然也只是想晒晒太阳

去断桥或者某处

我被无意义推着走
漩涡状的，小小的刮擦
那是桂花的鼻窦炎
掠夺了唯美情绪

多么暧昧的街口
童趣和省府比邻
而我只质疑雪
薄薄地铺在恍惚的路上

我的忐忑
从不和柳枝预约，它总是违背
寒冷的初衷
把柳絮的警报解读成恋爱日记

诱惑也是真理
像未煮熟的主义
我取道悼念，途经少年宫
这湖面，分析我内心的小波浪

登宝石山，或与宝石山无关

这台阶，像拾级而上的债务
水珠滴落的负罪感
只够偿还每月的道德利息

枯叶抵押了良心
我真担忧这一路的葱翠
会毁了秋天

如此，我才反对秋天
反对假装的泥土
灵魂藏在一小簇草根上

啊，我又跟自己讨论灵魂
就像穿着一条不合身的棉裤
一路上，我都在用右腿

踢着左腿，仿佛阶梯突然抽去
仿佛一处廉价坟墓
耦合着，石塔和晚霞的惭愧

在放鹤亭探梅

我取消这世袭的芳香
我要让梅花开得没有意义
在这首诗里
在你们的暴力与饶舌之外

但这月光
这自我繁殖的聚宝盆
我越是擦拭
就越是闪耀出它货币的本质来

结果是，梅花被花取消
月光被光取消
它们又联合起来把我取消
亭内亭外，都是想象和隐喻的陷阱

啊，梅花多么芳香
月光多么皎洁
我只能在原地不动，放着宿命的风筝
以便和上帝有一点点的联系

初春之诗

如果这诗也像草，也像柳条
春来发几枝
那我就放弃政治
顺便研究一下湖水的修辞学

美让我瞎了眼
看不见蝴蝶的两面性
晚霞刚好照着雷峰塔
悲剧就这样又被歌颂了一回

但即使是一条蛇
也会对刚过去的寒冷心有余悸
更何况我无法冬眠
眼睁睁看着观念被雪覆盖

但他们说毕竟春已经到来
但，如果诗不能
像草，像柳条那样发几枝
那么春天，也只是一种绿色的残暴

蛆蛆之歌

谢谢腐朽
谢谢死亡
谢谢给我无尽的养料

谢谢粪坑
谢谢这大地上无处不在的粪坑
我把它看作美丽的湖泊

在农场（或早年的记忆）

梦中的革命者
竟然是一个杀猪的

天刚蒙蒙亮
我还在半梦半醒之间

猪的嚎叫声
到底是不是梦境

我总会突然惊醒
有时仅仅是因为寂静

在农场 (二)

把残酷的记忆
说成是做梦好了

也顶多是噩梦，当我
拨开错综复杂的茅草根

小石子牙膏壳像章女人的长头发
还有发白变硬的塑料袋

屋前屋后，风吹着竹林哗哗哗地响
把这些，都说成是做梦好了

复习功课之《秋天来了》

蚂蚁倒着走路
两只眼睛
像车灯一闪一闪

蚯蚓匍匐前进
想象着前面的机关枪
和碉堡
它把肚皮贴紧地面
同时让自己的幅度
起伏得更小一点

一群大雁在朗读声中
不断重复地往南飞

复习功课之《人口手》

小时候，老师说
长大了你就成人了
如今我已经长大
但仍然不知道自己是不是人

我也有口
每天说很多话
但因为不知道自己是不是人
所以也不知道说的是不是人话

手，当然也是有的
但看起来更像是两支扳手
随时准备着
拧紧身上的螺丝

新年辞

这样的日子里，有没有刺刀
因为人们沉浸在欢乐里
因为人们像约好的一样沉浸在欢乐里

在这样的日子里，有没有刺刀

月光之诗

只因为月光的无垠朗照
我写下饥饿

写下了内心的焦灼
并时时为那一小片乌云而担忧

这是清白的夜晚
星星也好像用消毒水擦拭过

我注视着——天空这块裹尸布
正欢快地抖落它的无数珍宝

我想，鳄鱼是孤独的

我想
鳄鱼是孤独的
它用尾巴
不断地摔打
岸边的水泥地
最后
爬到一棵棕榈树下
趴在那里
一动不动
好像对爱情和肉类
失去了兴趣

把身体固定在······

把身体固定在门框里
然后走出去

被接受，一个幽灵
隐身于人群中

盲目的欢乐
瘟疫一样蔓延

看不见，又迅速地袭击了
下午的光线

暗淡中，我穿越
一扇一扇的门

像在梦里
沉浸于自己的悲痛

今晚月光照着我

今晚月光照着我
我感到
意外而惊喜
一切善的
恶的
在我身上显露无遗
它们
在我身后
投下了一小块阴影

蝴蝶死了

蝴蝶死了
它留给我
两张地图

在田野的尽头
我找到了
铁丝网和美

牢狱简史

这里
曾经有一座牢狱
被火烧掉了

他们用泥土夯实它
在灰烬之上
又建起了
一座崭新的牢狱

这里
曾经有一座牢狱
被大水冲走了

他们用意志力
用钢筋用混凝土
又建起了
一座坚固的牢狱

这里
曾经有一座牢狱

在地震中垮了

是的，就在这里
在一片废墟中
有一座巨大的牢狱
依然矗立在那里

这是摆在火山口的床

这是摆在火山口的床
我们
如何安睡

山下有山下的政治
树枝上
挂满了灭火器

以前，我从不知道

以前，我从不知道
风对羽毛的伤害
麻雀已经死了
但它们还在飘扬
这多么残忍
以前，我还追逐着它们
并用手轻轻地接住

我走进时间

我走进时间
而树木代替我
站在那里
它们已经干枯

从表盘
这戴罪者的平面
伸出两只手
正在缓慢变绿

向日葵之歌

并没有更多的音乐
用来陈放
葵花籽
哦，这么多
这么多的死亡

并没有阳光
也没有一小块土地
可以安抚
这么多
这么多不安的灵魂

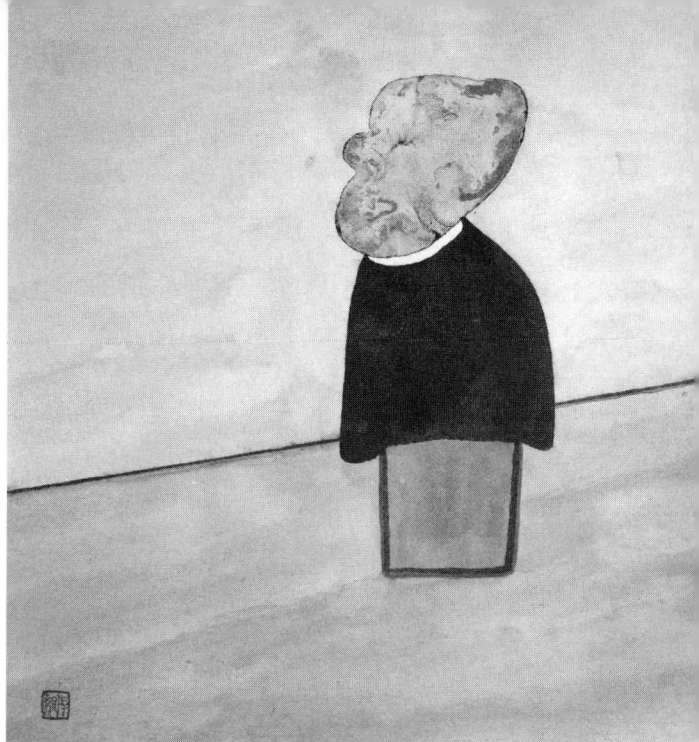

第八辑

在黑暗中

在黑暗中
他们说
这个，这个，和那个
我不需要说出什么

天空突然响起了祈祷声

天空突然响起了祈祷声
所有的星星同时熄灭仿佛断电

无明，耦合着心绞痛
正在向一片叶子的脉搏扩散

血管里铺满了玻璃渣
血管里，铺满了玻璃渣

疼痛，让——
一棵树使劲地摇晃着枝桠

当你细听
祈祷声已经成为一首颂歌

池塘

称不上自由
池塘，只是一个言论泛滥者

它冒着气泡，它的内心
那些不停蠕动的蛆蛆

仿佛一个禁锢者
不死的思想

但大多数时候
你看到它泛着浮萍

死一般沉寂
好像那是一口废弃的池塘

何以抵抗这个时代的喧嚣

何以抵抗这个时代的喧嚣
飞扬跋扈
成功学
何以抵抗恶，以及
种种善良的恶

唯有虚无，以及更深的虚无
比如写诗
比如在纸上涂鸦
比如这个下午
我不厌其烦的比如

抒情诗

当水银柱病入膏肓
琴键按着手
没有黑没有白
也不会有值得嘲讽的小确幸

虽然这是五月，打桩的旋律高亢
骨灰瓮嗡嗡作响
但并没有办法
沟通血管与下水道的联系

啊，只有面团
只有充气过度的睾丸
可以摊平成为旗帜
在反复删改的雾霾中若隐若现

即兴诗

在大雨中
我说出更多的真相
像雨水拍打着窗玻璃

在大雨中
我更艰难地前行
被清洗过的道路泥泞不堪

无题诗

当天色越来越暗
我们已经无话可说

我们说：哦，麦子

清晨赋诗

你命令下雪
你禁锢风
你让乌云遮住了星星和月亮
在光天化日之下
你使用雾霾
这一招屡试不爽呀
远处的青山已经不见
擦肩而过的人
面目模糊

哦，你篡改词
你篡改这个清晨
你让洒水车冲洗街道
在生日快乐歌曲的掩护下
你篡改草坪
行道树露出削尖的脑袋
只因为呀
只因为它
长出了新鲜的叶子

赞美诗

是不是需要
祝贺青蛙
它终于成为宠物
不用在黑夜里
辛苦地卖唱

是不是需要
恭喜飞蛾
它根本就没想过怀二胎
让另一个生命
来这个世间扑火

是不是需要歌颂这片土地
没有青蛙聒噪
没有飞蛾搞破坏
甚至呀
粮食也从不曾歉收

落 日

落日浑圆如屁股
这是谁的意象
李白的？
杜甫的？
此刻，我没有心思
去考证它
在这空旷的旷野中
落日，哦不
屁股，它硕大，性感
就在我眼前
不停颤动
令我喘不过气来

你最好瞎了眼

你最好瞎了眼
没看到制服的诱惑
以及死亡的胴体

你最好瞎了眼
否则这满街的祭品
如何辨雌雄

你最好瞎了眼
不要看对过的墙角
一只狗正在升起它的睾丸

光天化日之下
你最好瞎了眼
因为呀阳光是那么的强势

在这样的夜晚

在这样的夜晚
我想写一首单纯的诗

而在这样的夜晚
我想写一首无关紧要的诗

就在这样的夜晚
我只想写一首平庸的诗

然而在这样的夜晚
我写了一首可有可无的诗

嗯，我觉得诗来自上帝

一个女人走在街上
她要如何证明
自己是一个女人，就像
一个人在精神病院
他要如何
证明自己没有精神病
而此刻，我写着这首诗
需要解决
和布罗茨基一样的问题
当他面对审判
他要如何
证明自己写的诗就是诗
当然，他的回答
犹豫而坚定
他说：我觉得……
嗯，我觉得诗来自上帝

在黑暗中

在黑暗中，我睁开了眼
这时候
万物没有等级
一样的黑

在黑暗中
他们说
这个，这个，和那个
我不需要说出什么

你不要说话

你不要说话
也不要看
迎面走过的行人
不管他提着灯笼
还是提着
不锈钢鸟笼

你不要看
也不要说话
那些迎面走过的人
不管他提着鸟笼
还是提着
人皮的灯笼

哦，这些蠢蠢欲动的青草

哦，这些蠢蠢欲动的青草
这些大地的琴弦
蜜蜂和蜜蜂在梦境里战栗

如果天空，无限地蔚蓝
那也会有无限的死角
白云列队，像一片死去的森林

茂密的无休止的涛声
囚禁着绿色
整整一个世纪，树木都在恍惚

这些黑暗的源头
这些血液中的粉红枷锁
和着尘埃，在微风中轰隆作响

这是一片黑色的废墟

这是一片黑色的废墟
大地堆积着脂肪
热气，从砂砾间升起
散发出
交媾和死亡的气息

这是一片黑色的废墟
孩子和老鼠
窃窃私语，他们
绕过残砖碎瓦
结下了深厚的友谊

这是一片黑色的废墟
没有太阳，也没有灯盏
阴影像名字一样
人们摸黑回家
身后响起黑暗的轰隆声

无论走到哪里

无论走到哪里
那些山丘，都让我想到坟墓
即使是春天
即使有点滴的绿色
也不要相信复活的奇迹

无论走到哪里
我的脑袋嗡嗡作响
一个沉重的骨灰瓮
这些灵魂
和那些灵魂在还价

无论走到哪里
大地上，一堆堆的石头
一堆堆的废弃物
它们在睡梦中
在潮湿的地衣的怀抱中

失眠者

这无比深厚的黑夜
像一摊赘肉

虫子又在窗外
唱起烧饼歌，风声越来越紧

啊，肉体要求睡去
灵魂却醒着

血液，这最初的天空

血液，这最初的天空
布满枷锁

在静脉里拴住一匹马
紧紧地拴住

而绳索，已经快勒断马头
没有琴声

一些微小的褶皱
在岩石与树荫的凹陷处

三行诗

呵呵，我在清洗星辰
这一颗颗的盐粒
这没完没了的永恒的事业

无数的落叶

无数的落叶
被斩首的阳光
搁置在夜的脸盆里

漩涡状的
小小的马蜂窝
目光和目光的集中营

为春天写一首诗

必须在内心里
放下一只空碗

一些痊愈的树叶
笔直伸到窗口

鸟的思想无所顾忌
在枝头鸣叫起来

哦，春天
这碧绿的德性

悲伤

这大地的哭声像风在哀号
文明与头颅
滚落在垃圾桶旁

而你，还没有学会惊奇
并及时地
发出一声尖叫

恐怖像星星一样
在你悲伤的夜空闪烁
闪烁并颤栗着，沙沙作响

哦，是热病，是狂欢者
是一段虚构的历史
还停留在卑劣的早晨

二行诗

你们爱平坦的小腹
而我偏爱褶皱的阴影

夜晚七点钟

夜晚七点钟
窗帘需要某种断裂

哦，乌鸦
磁片

那闪烁的意义
于窗口处无端闪烁

没有言辞，也在
没有言辞的卧室里

附　录

游离：一块贴创可贴的石头

赵思运

卡夫卡说过："我们需要的书，应该是一把能击破我们心中冰海的利斧。"当生命的毛茸茸的质感被僵硬的物质、技术和理性打磨得过于平滑的时候，我们就更加迫切需要诗歌的"利斧"去劈开重重迷障，激活我们对于生命的诗性感受。游离的诗歌以利斧般的力量，打开自己内心血淋淋的灵魂暗涌和生命的斑斑锈迹，他用文字之刀、句子之锯，精心打磨出粗粝的贴着创可贴的石头，浓缩了人性与命运的幽暗意识。

张灏在《幽暗意识与民主传统》一书中，将中国文化传统与西方基督教传统在人性方面的不同立场做过深入的比较研究，提出了"幽暗意识"这一概念。他发现，基督教是以人性的沉沦为出发点，因而着眼于生命的救赎；而儒家思想则是正面肯定人性。"幽暗意识"提醒我们要结合人性、人心内部的缺陷来看待外部世界的问题，就人性作一彻底反思。他把外在制度性缺失产生的忧患意识深化到每个生存个体的人性层面。我们必须要十分警觉人性中的幽暗。而对于诗人来说，理解人性的幽暗、用诗歌的光亮去烛照人性的幽暗，升华成幽暗意识,只是一个诗学的入口。游离在他的诗作中,为我们呈现出一个人性的禁闭者、背光者、异化者的形象,也呈现出一个试图以写作去烛照人性幽暗意识、以写作求自救的书写者形象。

人性幽暗意识对于游离来说,似乎是与生俱来的。对于诗人而言,人的出生就意味着一场灾难、意味着灾难的开始。他在诗中反复将"出生"视作悲剧事件,便具有象征意义了。他在《我来到这个世界上》里写道:

> 之前,我被一种水包裹着
> 粘粘的我感到温暖
> 而安静
> 直到从一场梦中醒来
> 一个女人在我的面前挣扎
> 我突然感到恐惧和冰凉
> 我叫出了声音

母亲的子宫象征着生命的孕育与安定状态,而出生则象征着对于安宁状态的打破,《愤怒是一块砖头》再次强化了出生的无助与抗议。来到这个世界上,注定是一场悲剧之旅。诗人对出生之痛是非常敏感的,甚至看到"鲜艳的鳍"也会联想到"当剪刀剪断我的脐带","一片鱼鳞在伤口处闪光,/——暗红色的胎痣,/使我对生命的残忍缄口不语。"并且把这种场景命名为"屠杀的场景"(《迁徙》)。《控诉之诗》连用7个"控诉","以婴孩的第一声哭嚎控诉"、"以腐烂的头颅控

诉"、"以狗的吠叫声控诉"、"以必将死去的身躯控诉"、"以
身躯上的跳蚤、蠹虫控诉"。生日本来是人生具有重要意义的
日子，但游离在《生日之诗》开篇就说"平淡无奇的夜晚/平
淡无奇的一年又一年"，刻画出极端孤独的无归宿的弃儿感
受。当他面对令人绝望的世界时，他是多么渴望回归母体的子
宫之中寻找温暖："在我的周围，燃着的/二十九根蜡烛像鬼
火/像母亲萎缩的子宫"（《生日之诗》）。

　　然而，我发现，在游离的诗歌和生活中，"母亲"形象和
母爱似乎是缺失的。他感叹："多么徒劳，母亲只是空白"
（《迁徙》），"我最初的记忆里生活着四个男人"（《我渐渐地
爱上了一种孤独》），还有《休息日》里，"母亲"是一个词
吗？"母亲"是一种称呼吗？反复的逼问，渗透出诗人精神世
界里母性的缺失、归宿难觅的焦灼。关于生育意象大多寄托了
母亲的悲剧意味。如《那些死去的孩子……》写了婴儿的夭
折和母亲的疼痛，《豌豆的诞生》写道："散落满地的壳/劈成
两半的母亲/像一具具打开的棺材"同样寄予了母亲角色一种
悲剧色彩。

　　从母体诞生出来，本该是生命向宏阔世界渐次展开的过
程，不过，敏感多思的诗人游离，一直感觉自己是一个被禁闭
者。面对世界，他总是无所适从，即使是熟悉的语境，也往往
感到暗伏杀机。他总是不停地迁徙。但是，无论怎么迁徙，最
终还是生存在被囚的禁闭状态。"世界逐渐成了玻璃的/让我
看见自己慢慢被吞噬 //……人们让我在里面静静呆着/其实我
听不到声音，我只看见 //他们各自的表情和抖动的嘴唇/这景
象就像一场哑剧"（《玻璃房子》），他与世界的关系是阻拒的。

在游离的《我一直病着……》、《一定有什么击疼了我》、《我住在一间白色房子里》、《日子是一个陷阱……》、《孤独的声音扭开了一把锁》、《穴居》、《我好像躺在旷野上》、《它们》、《散步》、《四方形压迫我》、《我并不讴歌这些》等大量篇什里，我们会发现大量"墙壁"、"房间"意象，强化了生存的被囚状态，活现出"禁闭者"形象。

这种禁闭之墙，并不是刚性的、有形的，又或者这种禁闭是一种无形的意识之墙，它伸缩自如：

不多不少，六堵墙成为压迫的根源／这是必然的现实／它随着我情绪的波动而伸缩自如／切割、重组还有影子在晃动／都是立方体的存在（《我一直病着……》）

墙壁隐匿于无形（《我好像躺在旷野上》）

四方形压迫我，我拾起满地的／良心和责任的碎屑。／用绝望的爱，用糨糊——／我该对这伸缩自如的墙壁，／一遍遍地诅咒吗？（《四方形压迫我》）

我必须忍受四面柔软的墙／它的苍白正在逐渐改变我的皮肤／已经可以感受到了，墙的趋势是渗入我／慢慢凝固，最终取代我（《我住在一间白色房子里》）

于是，最终被异化为墙的组成部分："我的体内形成一间象样的房子，白色的……"（《我住在一间白色房子里》）

监狱般灰色生活里，他也试图越狱，"日子被层层禁闭，失去了平衡／我半蹲着，跟墙壁过不去／一次又一次地，把影子贴上去／／从生锈的窗子透进来的光／是徒劳的／我在思考怎样长出一条尾巴／／可以用来逃生，把手脚退化成爪子／趴在瓷砖上，爬上或者爬下"（《我并不讴歌这些》），但是，在囚禁性的生存里，孤独永远是唯一的核心，"孤独，被爬满青苔的墙壁／反复地，反复地弹了回来。"（《孤独的声音扭开了一把锁》）久而久之，禁闭性生存使人产生幻觉（《它们》）。"墙壁隐匿于无形"的生存语境里，他左冲右突。无法真正获得自由，只好在想象中感受"久在牢笼里，复得返自然"的自由，他多么想"躺在旷野上／风轻轻地吹／耳边有虫子在叫／声音不断地变换着方位／……它们有组织地／轮流着为我歌唱／或者娓娓地诉说着哀怨"（《我好像躺在旷野上》）。自闭的诗人，最终安然于禁闭之中，宁愿在禁闭的孤独中感受自我，也不愿意在众人的猜忌中生活。"很多时候，我需要一层虐待的壳／让我居住在里面，安全地／蜕化成一只柔弱的虫子／昏睡蠕动爬行直到长出翅膀／她的皮肤变成了墙壁"（《穴居》）寻找一个保护性的"壳"，实际上正是婴儿寻求母亲子宫保护的隐喻。

　　禁闭者游离，在精神层面上又是一个背光生存的人。他说："我在背光的一面，长着苔藓"（《背光》），他的诗集第一首就是《蝙蝠》，这似乎就是一个隐喻：

光明让它盲目
它蜷缩在阴湿的屋檐下
用双手紧紧地抓住什么
阳光灿烂的一天像噩梦一般过去
黑夜是它的白天
它在黑夜的腹部闪光，被我看见
就在那一瞬间，它犹豫一下
往另一个方向疾驰而去

蝙蝠，正是诗人游离的灵魂的心象，是他的自我的对应物。《背光》、《该怎么开始》、《行走的困顿——兼致楼河》、《老屋》《向保罗·克利致敬》、《外面的阳光》、《豌豆的诞生》等那么多的诗歌，都在喋喋不休地诅咒着光明，诗人游离与光明的关系是游离的。他似乎本能地热爱着黑暗，躲避着光明："我们隐匿于黑暗／像个鬼影，吹着白炽灯的光"（《行走的困顿——兼致楼河》），当他目睹光线时，看到的不是光线本身，而是光线里的灰尘，"坐在老屋里，整个下午都像／是旧社会，灰尘／聚集起的力量，驱赶着光线。／一支一支的刺刀，从屋顶上直戳下来"（《老屋》），"尘埃落下来／折射着迷茫的光线"（《跨进门槛的瞬间》），"阳光像刀，阳光像君王"（《豌豆的诞生》），它拥有的是"绵里藏针的怀柔手段"、"赤裸裸的掠夺"和"铁腕政策"（《外面的阳光》）。所以，他说："我已经习惯黑暗／和那一抹生锈的光斑"（《向保罗·克利致敬》）。

当一个禁闭者、背光者，被抛进众人之中，游离始终是一个游离者。他在集中深挖人性的幽暗意识的时候，毫不留情地剔除了所谓的光洁明亮的诗意，而注重深层的混沌无序的灵魂冲突与困境，正如他所说："我们／应该时刻警惕／那些对词语葆有洁癖的人"（《初夏——兼致石头》）。负值情感体验在游离诗中得到了最集中的呈现。死亡、衰败、疾病、锈蚀、腐烂，是最常出现的关键词。《生铁》、《洗澡》、《抚摸》、《病变》、《低头》、《埋》给我们带来的是自我审视时感受到的衰老、腐朽、死亡与自我异化。他有一份《这沉重的履历》，一个人做着《死亡练习》。《休息日》第 10 节，用了 12 个"暗"

字，而且"暗"字使用的不是形容词，而是动词，浓郁地渲
染出所处的时空、情感情绪乃至世界感受的阴郁气息。甚至于
我们在欢庆新年的时候，游离追问的是："这样的日子里，有
没有刺刀/因为人们沉浸在欢乐里/因为人们像约好的一样沉浸
在欢乐里//在这样的日子里，有没有刺刀"（《新年辞》），执
拗地显现出对于幽暗人性的敏感。

　　《良民》里自我异化更是怵目惊心，"我沉默，像被用过
的水，/流过某一双手，流过水池——/流进这座临时城市的下
水道"，与"腐烂的菜叶，油滓，排泄物，避孕套……"乃至
"一个漂浮的女婴"为伴。这些灵魂的客观对应物，充分揭示
出诗人作为生活弃儿的被弃状态。《蛆蛆之歌》将"腐朽"与
"死亡"比作"无尽的养料"，将"粪坑"比作"美丽的湖
泊"，对恶与丑的歌颂，对于死亡的迷恋，堪称中国的"恶之
花"。

　　面对生存之恶和人性之恶，游离在诗中也曾表达了抵抗和
斗争。从出生被抛弃，到孤僻的童年，到残缺的家庭，再到三
十年的经历，使游离的内心深处生长出强烈的叛逆意识和斗争
哲学。《斗争》及《在农场》系列为我们呈现了诗人的童年记
忆，屠杀事件和童年游戏都蕴含了太多的斗争思维和仇恨意
识。于是童年的人性基因便发酵并酿成"革命"情结。但是，
我们的斗争所向，往往是模糊不清的，因为我们生存空间已经
不再是单纯由悲剧性事件构成，而是弥漫为悲剧性氛围。我们
在与之作斗争时，始终找不到明确的目标："革命过后，习惯
了/互相残杀的我/变得无所适从，整个世界/都是崭新的/我的
内心空荡荡/没有人虐待我，也没有人/可以让我虐待"
（《切·格瓦拉》）。这，便是充满反抗意识却又陷入无物之阵

的孤独英雄心态。

他的诗歌对于人的异化、物化与分裂状态做了怵目惊心的刻画。"2003 年的上半年／我像一根鸡肋／剔除了残剩的一点肉屑和汁液／被吐出来……一根骨头在行走／一根骨头有它消极的硬度"(《消极的硬度》);在孤寂的夜晚谈论着装配车间的女人时，就像在白天数落着一根根的水管（《在塑料厂的日子》);看到蚁族和麻雀的生存，便会想到这些都是自我的对应物、自我命运的确证（《我确信我生活在蚂蚁窝上》、《麻雀之诗》)。破败的运河桥，同样作为诗人精神颓败的外化，被写进了《运河桥》。这种物化的写法，其实本质上是异化的表现形式。人的生命的物化形态不断地出现在游离的诗中。塑料厂工人的表格化、物化的生存，"我们同时作为互相咬在一起的齿轮而存在"(《在塑料厂的日子》)。

《重构》《夏日之诗（第三首）》揭示了自我分裂与异化的悖论："对自我的肢解"非但没有重构出新鲜完整的自我，但最终却是"衣服腐蚀／骨头弯曲／黎明尖叫着划过胸膛／看我自己怎样将／一个人／重新分离成两个人"，真实的"我"被面目全非的"虚假的我"所遮掩。人成为"非人"，口中说的是"假话"，手成为自我异化之手（《复习功课之＜人口手＞》)。他在《柱子的自述》里，以"柱子"作为男性的隐喻，凸显出生存之艰："这么多年了，动都不敢动地站在那儿／我总觉得有什么东西压着我／事实也是如此／支撑已经成为习惯，我生活的全部"，但是，由于长期处于重压下的异化状态，即使给他"回到树林里"的自由，但是他已经回不去了："这么多年了／这里就是我的家，我要回到哪里去呢／我早就不能发芽

了"。读到这里，令读者悲从中来，情何以堪！甚至在他的笔
下，春天是"绿色的残暴"（《初春之诗》），《在放鹤亭探梅》
的结果是："梅花被花取消/月光被光取消/它们又联合起来把
我取消/亭内亭外，都是想象和隐喻的陷阱"，自我彻底被消
灭，主体彻底被瓦解。

游离有一首经典的《非个人史》：

遗弃、绝望、乌托邦，它们
规范的称呼是：乡下、县城、省城。
这几乎是我三十年的拉锯历程。

从一个母性到另一个母性，斗争
具有普遍性，在我赤裸的窗前，
始终矗立着一棵巨木，像榨取和压迫。

三十年，我仍在拉锯。切割的进程
跟不上年轮的增长，越来越深的木屑，
掩埋着来自地底下的蚯蚓的呼喊：

有一把锄头可以切断我，有一根草
给我呼吸，有一个街头供我曝晒尸骨，
有一张纸，在第四个空格写下：身份，其他。

题目叫"非个人史"大概有两层意思，一层意思是指"被取
消了个人性的个人史"，是被遗弃的、没有个体命名的、在主
流价值体系里被消失了的个人的命运史；二是指更多的与自己

有着同样命运的群体，所指内涵既是个体的，又不仅仅是个体的，而是一个群类的共同命运史。于是，这就在深层指向了个体与群体关系的哲学命题。游离对此有着清醒认识，他的价值立场十分鲜明，那就是：在"我们"中坚持"我"，在"人民"中坚持"人"，他大声疾呼："请把人从人民中拉出来！"（《请——》）他要将偏正式词语"人民"的重音从第二个音节迁移到第一个音节，价值重心从集体观念转移到对于个体的尊重。但是，个体与群体、人与人之间的关系，永远是异化的关系，正像齿轮一样，紧紧地撕咬着：

> 我说人是一块齿轮，你信不信
> 我说人就是一块齿轮
> 咬着另一块齿轮，你信不信
>
> 我说人就是一块齿轮
> 只有咬着另一块齿轮才能运转
> 你信不信
>
> 我说人就是一块齿轮
> 如果不咬住另外一块齿轮
> 它就不是一块齿轮，你信不信
> （《我说人是一块齿轮》）

没有比"齿轮"这个意象更能表达人与人之间的异化关系了。这首诗以绕口令一般的句式，一再地强化"齿轮"化生存的本质，意象极简而诗思锋锐，直逼读者内心深处！

　　对于一个禁闭式生存内倾的人来说，没有比写作更适合自救的手段了。写作行为犹如吸毒一样，成为他灵魂的必备。他说："诗是海洛因，我每天拿着笔，/向自己的肌体注射。一阵/几乎痉挛的快感，精神有毒呀！"这个写作的吸毒者的主题词有"遗弃、歧视、陷害、疾病、自戕……"，写作其实就是灵魂的冒险、历练与勘探。我一直在说：写作一方面缓释我们的疼痛，另一方面又在加剧着我们的疼痛。即使母语已经生锈，也要用灵魂的自虐、肉体的骨头去擦洗、去撞击，将灵魂深处潜藏的"意义的灰尘"，"隐喻的水泥"、"象征的砂石"刨挖出来，并且这个过程是"自虐的过程"。每一首诗都是诗人生命的浓缩，换句话说，游离把一生都放在自己的诗里。

　　在游离看来，写作与生活是生命不可分割的两面，写作与生活是"不隔"的，生活本身即是隐喻，而写作即是生活与生命的直接映现。他的深度负值体验也与句子深深地融为一体。"每一个句子都带有血痕/每一个句子，词和词咬着/像互相折磨的齿轮，发出呻吟//每一次说出都是宿命/每一次，我都没办法说出/阴郁来自更深的内部"（《隐喻的生活》）。在《旁观者》、《句子》、《隐喻的生活》《初夏——兼致石头》都揭示了"词语在杀人"的写作困境。写作就像越勒越紧的绳索，无论怎样挣扎，都无法解脱。我们来看他的《句子》：

句子对着我的脑袋，
来来回回地拉：句子它要
一截截地锯开，
我这不可雕的朽木；

而拉锯的人，隐匿于无形。
句子它不慌不忙地拉，
逐渐地深入皮层、肉体、骨头，
如一段光阴，让我——

稍稍感到疼痛；而血呀，
固态的血像锯末，从两边
纷纷漏下。句子它——

自上而下，把我锯开，排列成
十四个长短不一的音阶，
带着体温，像一首暖和的死亡之诗。

他巧妙地将"句子"转喻为"锯子"。本来是人应该是"句子"的语言主体，但更多的时候，人竟然只是语言的被动生存。"句子"犹如"锯子"一样，赋予了写作一种难以承受的隐痛，写作过程即是灵魂受难的过程。而掌控句子和语言的主体，究竟在哪里？诗歌和人的肉体、灵魂一起见证了时间和命运对于生命的摧残。诗都是诗人的墓志铭，铭刻了诗人的生命历程和灵魂历史。诗歌的创作产生过程，也是体验诗人自我死亡的过程。

他说："写作还在继续/只是写作本身开始变得可疑"（《初夏——兼致石头》）。我说：虽然，写作变得可疑，但写作还在继续。因为，对于身陷绝境的诗人，写作乃是唯一可以自救的手段。游离的诗既是他作为独特个体在灵魂深处分泌的精神苦胆，又是人类幽暗意识的浓缩与折光。游离诗思触觉主要的不指向大千世界，而是指向自己的内心。他的每一首诗，都像一把弯刀，在内心被锻炼得寒光逼人，烛照所有的悲情与幽暗。我们阅读他，同时也像阅读自己，以他的悲情同情自己，以他的伤痕抚慰自己，以他的粗粝磨砺自己，以他的烛照照亮自己。

游离的诗，是能够经得住时间考验的。在历史的隧道中，会有"无限的少数人"走近他，靠近他，就像伤口需要创可贴，就像骑手需要骏马。